浅草鬼嫁日記　四

あやかし夫婦は君の名前をまだ知らない。

友麻　碧

富士見L文庫

目次

滝の音は　絶えて久しく　なりぬれど
名こそ流れて　なほ聞こえけれ

「ねえ公任様《きんとう》、この歌はどういう意味？」

まだ何も知らない、幼い頃の茨姫《いばらひめ》が、御簾《みす》の向こう側から〝僕〟に問いかける。

この歌は、千年も昔の〝僕〟である、藤原《ふじわらの》公任が歌ったものだ。

藤原公任は茨姫の親戚《しんせき》という立場であり、また和歌の師でもあった。

「滝は枯れ、その音は遠い昔に絶えてしまったが、その滝の名声だけは今日まで語り継がれている……という歌だ。意味は、お分かりかな、茨姫」

「うーん、分かるような、分からないような」

茨姫はこめかみに指を添えて、可愛らしくぐるぐると考えていた。

この時代、藤原公任ほど輝かしい功績と数多《あまた》の才を持つ者は居ないと、誰もが称えた。

それなのに、どうして〝僕〟は、枯れたのちの事を歌ったのだろう。

「人の寿命はとても短い。だがこの世とは私が死しても続く。藤原公任の名は、私の残した歌、やってきた事は、いつかの世の為にあるのだと信じたい」

そう、ぽろっと本音のようなものをこぼした事がある。

しかしこの頃の茨姫には、何の事だかわからなかっただろう。

「心配せずとも、公任様の名は世に残るわ。それだけの事を、あなたはこの都でやってきたじゃない。それに聞いたわ公任様。あなたの娘は、藤原道長《みちなが》様のご子息、藤原教通《のりみち》様に嫁いだのでしょう。確か、あなたの娘も私と同じ、見える人だったわよね」

「見えるというより、感じとる程度のものだが。あなたほどの力は、私の娘にはないよ」

「でも、素晴らしいわね。父にとって自慢の娘というのは……」

そして、茨姫は悲しげに目を伏せる。

〝僕〟が自分の娘を愛している一方で、彼女は自分の父に、愛されてはいないからだ。

「千年先も、誰かが私の名を知っているかしら」

「……茨姫？」

ゆっくりと立ち上がり、御簾を勝手に上げて外に出てくる茨姫。

そして、粉雪の舞う庭を見つめた。

「いいえ、きっと無理ね。公任様と違って歌の才能は無いし、この赤毛で嫁の貰《もら》い手も無い。私なんて……誰にも知られず、誰にも求められず、ここで死ぬんだわ」

彼女の美しい赤い髪が、冬の空の下で燃える温かな炎のようでありながら、その表情は儚《はかな》く、寂しげである。

哀れな娘だ。

類稀《たぐいまれ》な霊力を持って生まれた、見鬼の才を持つ娘。

そのせいで茨姫の知る世界というのは、自分の部屋と、そこから見える庭だけだったのだ。人間たちは、普通と違う彼女を、閉じ込め、嫌うばかりで。

「茨姫。あなたを見つけてくれる者は、きっといる」

「……公任様？」

「私があなたをそこから連れ出してやることはできない。だが、どうにも私には、あなたがこのまま、誰にも知られずに終わる存在だとは思えないのだ。あなたの名は、世に残るような気がする」

茨姫はキョトンとしていた。

公任だって、自分の言葉に何の根拠があったのか、この時はまだ知らない。

だがこの後、藤原公任は当時のあやかしの親友〝酒呑童子《しゅてんどうじ》〟に相談を持ちかけ、茨姫と彼を引き合わせる。

それが全ての、運命の始まり。

時の歯車は回り始める。


――ねえ、真紀ちゃん。馨君。

君たちの名は、最悪の大妖怪《だいようかい》、茨木童子《いばらきどうじ》と酒呑童子としてこの世に残り、千年経った現代の日本でも語り継がれているんだよ。

そして、藤原公任。のちに大妖怪・鵺《ぬえ》だと茨姫に知られる、この僕もそう。

平安《へいあん》の世を導きし〝人間〟として、また一方で平安の世を脅かした〝大妖怪〟として、この世に名を残す事になるのである。

○

今の僕の名は、なんだっけ。

ああ、そうだ。僕は、継見《つぐみ》由理彦《ゆりひこ》だ。

「なんだか……懐かしい夢を見たな」

僕はほとんど夢を見ないのに。不思議に思いながら布団から起き上がった。

いつものように窓を開け、新鮮な空気を吸い込む。

寒い。冬の匂いがする。

「……あれ」

暗い庭を見下ろすと、和風の庭に似合わない、ドームの形をしたガラス張りのサンルームが、キラキラとした植物の霊力に満ちて静かに輝いていた。

まるで、暗い湖中に落とされた水晶のように美しい。

新しい花でも、咲いたのだろうか。

「わあ凄《すご》い、こんなに寒い時期に咲いたんだね、忘れな草」

「……お兄ちゃん。青白い小花が、儚げで可愛いでしょう?」

その日、お茶の稽古《けいこ》から帰ってきて、着物姿のままサンルームを覗《のぞ》くと、妹の若葉《わかば》が熱心に植物の世話をしていた。

どうやら季節外れの〝忘れな草〟の花が満開に咲いたみたいだ。

しかしなるほど。

どうりで今朝、部屋から見下ろしたサンルームが、新鮮な植物の霊力で満ちていたはずだ。

「流石は若葉だね。若葉が植物を大事にしていると、植物も若葉に応《こた》えてくれる」

「なんとなく、だけどね……植物たちのささやきが聞こえるの。今はお水が欲しい、もっと日光の当たる場所に置いて。そしたらきっと、綺麗《きれい》に咲いてみせるから、って」

しかし若葉は、じわじわと表情に影を落とす。

「でも、こんなことを言うと……学校じゃ変な子って思われるから、言わないんだけど。嘘つきって言われるのも、嫌だし」

確かにそれが原因で、若葉はよく学校でからかわれていた。

植物の声だけじゃない。

時に、見知らぬ影が追いかけてきたり、見えない何かから声をかけられたり……

若葉にはそれらが、確かに見えている訳ではない。だからこそ、厄介なのだ。

あやかしを認識できないのに、謎めいた気配や存在を、感じ取ってしまう。

「……大丈夫。僕はちゃんと知っているよ。若葉が嘘つきじゃないこと」

だから僕だけは、若葉の理解者でありたいと思った。

うつむく若葉の頭を撫《な》でると、彼女は顔を上げ、柔らかく微笑む。

そして目の前の忘れな草の花に触れ、僕に問いかける。

「ねえお兄ちゃん、忘れな草の花言葉を知ってる？」

「ん？　確か……〝私を、忘れないで〟」

「…………」

「どうかした？　若葉」

「ううん。なんだか、お兄ちゃんの声って、不思議だなって。囁《ささや》くような声でも、耳の奥に残って消えないの」

思わず、自分の喉《のど》に触れた。

確かに僕の声は少し特殊だ。それは真紀《まき》ちゃんの〝神命の血〟、馨《かおる》君の〝神通の眼〟と同等の、肉体に帯びた能力。僕の場合〝神言《しんごん》の喉〟と言う。

だけど気をつけないと。おかげで僕の言葉は、言霊になりやすい。

「ねえお兄ちゃん、今からここでお茶しない？　お兄ちゃん、いつも人にお茶を淹《い》れてばかりだから、今日は私がハーブティー淹れてあげる」

「それは嬉《うれ》しいね。ハーブティーだけは、若葉が淹れたほうが絶対に美味《おい》しいから」

「お母さんがチーズスフレも焼いたって言ってた。持ってくるから、待ってて！」

「僕も行こうか？」

「ダメ！　お兄ちゃんは、私のお庭の、お客様なんだから」

お茶の用意をしようと、若葉がガーデンテーブルに水差しを置いて、出入り口に駆けていく。

しかし何を思ったのか、ふと、彼女は僕の方を振り返った。

「ねえ、お兄ちゃん。私ね、小さな頃からずっとずっと、不思議だったことがあるの」

「なんだい？」

「……ううん、ごめんなさい。また今度にする」


若葉に宿る疑問を、この時の僕はまだ知らない。

第一話　冬の夜

「茨木童子《いばらきどうじ》しゃま〜。茨木童子しゃま〜」

真夜中に私の名を呼ぶ声がして、お布団からのっそりと起き上がる。

私の名前は茨木真紀《まき》。茨木童子ってのは前世の名前で、茨姫《いばらひめ》と呼ぶ者もいる。

隣で寝ていたペン雛《ひな》のおもちが、ころんと転がってお布団から出てしまったので、慌てて布団に引き入れる。

「いったい何事よ。こんな真夜中に」

窓にはべったりと、手鞠河童《てまりかっぱ》が三匹ほどへばりついている。窓を開けると冷たい空気が部屋に入り込み、体がぶるっと震えた。

「どうしたのあんたたち。こんなところまで来て」

「隅田川《すみだがわ》が大変でしゅ〜」

「あやかしのっけたお船、爆発でしゅ〜」

「ん？　どういうこと？」

私は何だか嫌な予感がした。

窓を大きく開けて、冬の夜の冷たい空気を目一杯に吸い込む。

確かに……いつもよりずっと、空気が緊張している。あやかしたちのひそひそ声が、あちこちから聞こえる。何かあったってことだわ。

「胸騒ぎがするわね。ちょっと行ってみましょうか」

茨木童子の生まれ変わりってことで、浅草《あさくさ》のあやかしたちに頼まれ、厄介な事件を任されることがある。今回もそれ。

寝巻きの上から厚手のカーディガンを羽織り、寝ているおもちの額に「いいこにしててね」とキスをする。そしてベランダに出て下駄《げた》を履くと、愛用している釘《くぎ》バットを手に持ち庭先に飛び降りる。——直後、カランカランと鈴の音が響いた。

こ、これは……トラップ！

「真紀ぃ！　こんな夜中にどこへ行くつもりだ！」

ガラリと真下の部屋の窓が開き、憤怒《ふんぬ》の顔した馨《かおる》が出てくる。

「やっぱり、馨の仕掛けたトラップか」

「やっぱり、じゃねえよ。お前が夜な夜なあやかしの頼みごとを聞いてふらついているのは知っている。そんなのは女子高生のすることじゃない。大いに危険だ。ほら、さっさと部屋に戻りなさい、お菓子あげるから……っ！」

「ほんと心配性ねえ、私の旦那《だんな》様は。浮気しに行くわけじゃないのに」

「ええい、そんな心配しとるわけじゃないわ！」

頭をかきむしっているこの男子高校生の名は、天酒《あまさけ》馨。

前世では酒呑童子《しゅてんどうじ》って名前の最強の鬼で、私の旦那様だった。

彼の心配もわかるけれど、私たちは元大妖怪。普通の高校生じゃないからねえ。

「ほら見てよ馨。手鞠河童たちが早く早くって、私の顔にへばりついて離さないのよ。隅田川で船が爆発したって言うの」

「はあ？　船が爆発ぅ？　そんな一大事、俺たちの出る幕じゃないだろ。警察案件だ」

「でもあやかしを乗せた船だって言うのよ。おかしな話じゃない？　それに、空気がいつもと違うわ」

馨は私の言っていることの意味を察し、自分も空を見上げた。

「……確かに。何だか変な感じだな。おい、それなら俺も行く。ちょっと待ってろコート着るから。あとマフラーマフラー」

「寒くないようにしなさいよね」

「その言葉、そのままお前にお返しする。こんな時期にそんな薄着で」

馨が準備をしている間、私たちの住むおんぼろアパート〝のばら荘〟の庭を行ったり来たりしていた。

「あ、スノーフラワーだ。綺麗に咲いてるわねえ。大家さんかしら」

庭の花壇に綺麗なお花が咲いている。大家さんがまめに手入れしてくれているから。

植物って凄いのよ。夜になると、こうやって新鮮な霊気を空に送ってくれるの。だから、自然の多い場所はあやかしが生きやすかったりする。

最近は、そういう場所も少なくなっちゃったけどね……

「あら？　熊《くま》ちゃんと虎《とら》ちゃんのお部屋、明かりがついてるわ」

次に気になったのは、アパートの101号室。

あそこは、前世でもお世話になった獣道《けものみち》姉弟が住んでいる。今や超売れっ子の漫画家だから、夜中も仕事してるんでしょうね。

ちょうどその時、完全防備の馨がベランダから出てきた。

「ねえ馨、熊ちゃんと虎ちゃんがまだ起きてるみたい」

「あいつら昼夜逆転してるからな。もうすぐ漫画のアニメが始まるし、仕事がたくさんあるんだろう。ほら、俺たちもさっさと行くぞ」

馨は私の首に、ぐるぐると自分のマフラーを巻いた。

まったく。元旦那に愛されすぎて困ってます……

「で、なんなんだよ。隅田川がどうした」

「外来種がいるでしゅ〜」

「爆発した時、お船から落っこちたでしゅ」

私と馨は顔を見合わせる。

真夜中の丑三《うしみ》つ時。警察に補導されないよう、細い路地裏を駆け抜け、時に浅草のビルの屋上をぴょんぴょん跳んで移動しながら、隅田川の舗装された河川敷に降りる。

巨大な川の流れは、昼間のものと少し違って見える。黒い黒い流れ。

向かい側のスカイツリーも今は消灯しており、この辺りは静寂だった。

「おい。爆発した船なんて無いし、何事もなかったように静かだぞ」

「だけど、やっぱり……匂いがする。焦げ臭い匂いと、血の匂い」

「外来種ってことは、外国産のあやかしだろうか？　ルー・ガルーのような」

「見て馨。血の跡よ」

私たちは河川敷で血痕《けっこん》を見つける。それは川から這《は》い出てきて、点々と歩道を横切り、隅田公園にある花壇の中で消えた。土で血の匂いを消した……？

「川から登ってきたみたいだけど、魚類のあやかしかしら」

「お魚しゃんと違ってたでしゅ。もっとこう、丸くてどっしり」

「そうしゃんに似てたでしゅ～」

「そう～？」

そうに似たあやかしなんていたかしら。異国の妖怪《ようかい》にならいるのかもしれないけれど、私には専門外だ。

そもそも手鞠河童のヒントは、いつもながら曖昧《あいまい》で役に立たない。

「血の匂いを断たれちゃうと、あとは霊力の匂いを辿《たど》りたいところだけれど、全然匂わないわ」

「あー。あいつあんまり匂いしなかったたでしゅ」

「僕らみたいな生ぐさと違ったでしゅ〜」

確かに手鞠河童は、霊力すら生臭い。

「感知しにくいあやかしってことかしら」

「無臭のあやかしって時々いるからなあ。鵺《ぬえ》もその手のタイプだし」

断じてこれは体臭の話ではない。霊力の匂いという意味だ。

あやかしは鼻がいいから、相手の霊力の匂いを嗅《か》ぎ分けて居場所を突き止めたり、相手の力を計ったりする。

しかしこれが全くと言っていいほど匂わないあやかしもいる。そういう奴は、人間に紛れていても、あやかしだと気がつかなかったりするのだ。

「この血の量だぞ。もう助からないんじゃないか」

「でも、怪我が酷《ひど》いのならそう遠くに行ってないはずよ。助けてあげたいわ……」

しばらくその辺りを捜索したが、手鞠河童の言う外来種は見つからない。

気がつけば巣穴から出てきた無数の手鞠河童たちがわらわらとそこらにいる。

彼らを動員し捜しても見つからなかったので、もうどこかへ行ってしまったのだと思われる。

「明日、浅草地下街の大和《やまと》さんにでも相談しに行こう。面倒ごとになる前にな」

「そうね。それがいいわ」

結局、その日は何も出来ずに、家に戻った。


翌日、私たちの高校では終業式があった。

いよいよ今日から、お待ちかねの冬休みなのだ。

「へえ、そんなことがあったんだ。それで今日、二人とも少し眠そうなんだね」

民俗学研究部の部室にて、おせちさながらの重箱を広げているのは、継見由理彦《つぐみゆりひこ》だ。

由理も私や馨と同じ。前世であやかし、生まれ変わって今人間。

ただ私や馨と違うところは、千年前の平安時代、彼は〝鵺〟というあやかしと、〝藤原公任《ふじわらのきんとう》〟という人間を兼任していた、ちょっと変わった経緯を持つところ。

元あやかしの私たち三人組は、いつもこうやって民俗学研究部の部室に集い、現世《うつしよ》のあやかしに関する情報を纏《まと》めたり、舞い込むトラブルを解決したり、変な事情を持つ自分たち自身がどうしたら幸せになれるのか、考えたりしている。

「わあ、今日のお弁当も豪華ねえ。由理のおばさんの手料理、大好き」

そして幸せには美味《おい》しいものが付きもの……

由理が持ってきてくれたお弁当は、学業の節目である日ということで、由理のおばさんがこしらえてくれたものだった。これが料亭の味にも劣らぬ美味しさ。

由理のおばさんはいつも、私や馨の分も作って由理に持たせてくれるの。

「これから浅草地下街へ行こうと思うの。由理も行く？」

「ああ、ごめん。今日はお茶のお稽古《けいこ》があるんだ。そのあと母さんと落ち合って買い物に付き合わなくちゃ。父さんの誕生日がクリスマス・イブなもんだから、銀座《ぎんざ》の百貨店で新しいネクタイを買うんだって。選ぶのを手伝ってほしいって」

「へえー」

ぱくぱくとおかずを食べながら相槌《あいづち》をうつ私と馨。

銀座の百貨店って実は入ったことない。入る用事もない。

このお金持ちのお坊ちゃんめ……

「はあ。それより気になるのは若葉《わかば》の方だよ」

「ん？　若葉ちゃんがどうかしたの？」

若葉ちゃんとは、由理の妹だ。中学一年生の、可愛らしい女の子。

「銀座での買い物もいつもなら付いてくるのに、今日は『行かない』って言うんだ」

「どうして？　何かやりたいことがあるのかな」

「んー。もともと体が弱くて、家に引きこもりがちだったんだけど、最近は一人であちこち行ったり、自分の時間を過ごすのが楽しいみたいだ」

「まあ、もう中学生だものね。いつまでもお兄ちゃんに付いて回るお年頃じゃないわ〜。自分の趣味に時間を割くようになるわよ」

「おい由理、もしかしたら彼氏とかいるのかもしれないぞ？　兄に隠れてこっそりデートとかしてるのかも」

馨がニヤニヤしながら言ったこの言葉に、由理は拳《こぶし》を机に叩《たた》きつける。

「そんなの！　そんなのお兄ちゃんは許さないぞ……っ！　お嫁になんて出さない！」

「相変わらずシスコンねぇ」

「つーかまだ嫁には行けねえだろ。平安時代じゃあるまいし」

妹のことになると冷静沈着なキャラが保てない由理。

由理は家族が大好きだ。いつもいつも、家族が一番大事だと言っている。

とりわけ妹のことは可愛がっていて、軽くシスコン気味。

もう家族のいない私や、離れ離れになっている馨と違って、継見家の仲睦《なかむつ》まじい様子はいつも羨《うらや》ましい。とにかく安定感がある。

そうなるように、由理が配慮し、努力しているというのもあるけれど。

そういうところが、私や馨と違って器用なのよね。

由理が家族を大事にして、その家族もまた由理を大事に思っているのを見ていると、私はとても嬉《うれ》しくなるわ。

「二人もイブは江《え》の島《しま》デートでしょう？　いーなー、僕をのけ者にして二人で遊ぶんだ」

「由理も行く？」

「いやいや、そりゃないよ真紀ちゃん。馨君がかわいそうだよ」

「かわいそうってなんだ。お前なら別にいいぞ」

「それだとデートにならないでしょう。いつもの三人組で遊ぶのもいいけれど、それはそれ、これはこれ。君たちは、そういう関係になったんでしょう？」

「…………」

私はキョトンとして、目をパチパチと瞬かせた。

修学旅行でお互いへの想いを新たにした私と馨だけど、浅草に戻ってからは今までとそう変わらない生活を送っている。

由理の言う〝そういう関係〟って、どういう関係？

元夫婦じゃない、別の……何？

「わっははははは！　そんなのはカレカノの関係に決まっているだろう！」

部屋の扉が思い切りよくバタンと開かれ、隣の美術室よりジャージ男子が乱入してくる。

多分部屋の温度が2℃くらい上がったと思われる。

「大黒《だいこく》先輩。浅草寺《せんそうじ》の神様が〃カレカノ〃なんて言葉よく知ってるわね」

「勿論《もちろん》だ真紀坊！　俺がどれほど学生たちの青春の悩み事を聞いてきたと思っている？　その度に俺は『当たって砕けてみろ』と言い、本当に砕けちゃったら『この俺の胸で泣け』と励ました！」

「…………」

大黒先輩は私と馨の背後に立ち「お前たちも清く正しき交際をするように」と偉そうなことを言って、ポンポンと肩を叩いて激励してくる。なんか腹たつな。

しかしこれが浅草寺大黒天、兼うちの高校の美術部部長、大黒先輩である。

浅草寺の絶え間無き賑《にぎ》わいを象徴するような、暑苦しくてポジティブシンキングすぎる神様なのだった。

「というか先輩って来年はどうするんですか？　卒業するんすか？」

馨が素朴な疑問を投げかけた。

「いいや、俺は永遠の高校三年生。永遠の大黒先輩だ。一度卒業して、何事もなかったかのようにまた高校三年生を繰り返すのだ。学生たちの記憶から俺の存在を改ざんしてな。そう……何度でも、何度でも。ループしてるんだな俺は」

「まーた、現世の理《ことわり》をあっさり破るようなことして」

「まさに神業だな」

そう。

先輩は春夏秋冬を一周したとしても〝大黒先輩〟という立場が変わることなどない、まるで国民的アニメのキャラクターのような、永遠の高校三年生である。

きっと、本人が飽きるまでそうなのだろう。

自分を知っている者たちの記憶を、毎年毎年〝神の力〟で改ざんしてるんだから、現世のルールも禁忌もあったものではない。

それだけ、浅草寺という強力なバックがある神様には、力があるということでもある。

大黒先輩は、どうやら民俗学研究部からデッサン用の石膏《せっこう》像を持ち出したいみたいで、「おいお前たちも手伝ってくれ」と私たち元大妖怪《だいようかい》をこき使った。ここはもともと、美術室の準備室だったからね。

これもまた、浅草の神様だからこその特権。

まさにパワハラと言えるだろう！

「ふう〜、疲れた」

美術部に石膏像を運び終え、再び部室に戻ってきた。

また一息ついてお茶でもしようかと思っていた、その時だ。

ピンポンパンポーン。

『叶《かのう》先生、叶先生。至急職員室へお戻りください。お客様がお見えです。叶先生、至急職員室へ――』

校内アナウンスが流れ、私たち三人は目をぱちくりとさせて顔を見合わせる。

「うちの顧問が呼び出されてるわよ。つかまらないのかしら」

「そういえば、今日少し眠たそうにしていたよね」

「終業式でパイプ椅子に座ったまま寝てたのを俺は見たぞ……」

叶先生とは、我々民俗学研究部の顧問であり、かの大陰陽師《おんみようじ》・安倍晴明《あべのせいめい》の生まれ変わりという事情を抱えた教師だ。

まあ大妖怪の生まれ変わりの私たちからすれば、宿敵もいいところなんだけど。前世では色々あったせいで、こちらもまだ叶先生との距離の取り方が掴《つか》めずにいる。

あと、いつも気だるげでやる気がなさそう。

「もしかしてあいつ、あっちに居るんじゃないだろうな」

「あっちって……学園の〝狭間《はざま》〟？」

「別にどうでもいいわよ、晴明の生まれ変わりのことなんて」

「…………」

「…………」

叶先生のことなんて、果てしなくどうでもいい。

どうでもいいのに、何だかそわそわしてくる私たち……

「あーもうっ!! 大黒先輩にこき使われたと思ったら、次は手のかかる顧問なの!?」

そしてガタガタと三人で立ち上がり、掃除道具を入れたロッカーに飛び込み、あちらの世界へと向かう。

そう、裏明城学園《うらめいじょうがくえん》。

馨がこの学園の裏側に、学園をそっくり写して作った狭間結界のことだ。

確かこの場所の旧理科室は、諸々《もろもろ》の流れで叶先生の私物となっていたはず……

「ちょっと、晴明！」

旧理科室のドアをバンとスライドさせると、そこには仮眠用のふかふかソファに横になり、アイマスクをつけてぐーぐー寝ている叶先生が。

「ああっ！　この野郎！　俺の作った狭間を、くつろぎ部屋にカスタマイズしてやがる！」

「ウォーターサーバーと、電気ケトル、コーヒー豆とコーヒーミルまで置いてるよ……あ、理科の実験道具でインスタントラーメン作った痕跡《こんせき》が」

「ちょっと、晴明、晴明ったら！　校内アナウンスで呼ばれてたわよ」

寝転がった叶先生を強く揺すると、

「んー……晴明じゃない……叶先生と呼べ……」

鈍く低い声を絞り出しながら、決まり文句を言いつつ、彼はゆらりと起き上がった。

そしてアイマスクを取り、目元にかかる金の髪を払う。

おとなしくしていればハーフモデルも真っ青な美形。

だがしぱしぱ目を瞬かせた後、のんきにあくびをして、バキバキ音を鳴らして背伸びをしたり肩を回しているので、いまいち決まらない。

ああ……

私たちはなぜ前世の因縁の相手を、わざわざ起こしてあげてるんだろう……

「はあ。……なんだお前たち、人の安眠を妨げおって」

「妨げおって、じゃねーよ。学校が放送かけてお前を捜していたぞ。何か予定があったんじゃないのか」

馨の言葉に、真顔で「あー」となる叶先生。手鞠河童みたい。

「思い当たる事があるみたいですね」

ため息をつく由理。呆《あき》れて首を振る私。

「……どうせ嫌な客だ。少しくらい待たせても問題はない。部活動で生徒の面倒を見ていて遅れたとでも言えばいい。お前たちも何か聞かれたら話を合わせろよ」

「ダメダメな大人だなあ！」

私たちは三人揃って突っ込む。

部活の生徒の面倒を見ていたんじゃなくて、面倒を見て貰《もら》ったんでしょうが、と。

叶先生は白衣をだらだらと羽織る。彼なりに全力で嫌そうな顔なので、本当に嫌な客なんだろうな。

「ああ、そうだ……継見」

出て行く間際、叶先生は珍しく由理を名指しし、気だるげな、だけどどこか謎めいた視線を向けた。

「お前、いったいいつまで偽り続けるつもりだ」

「………」

「俺の占いによれば、お前はもうすぐ、自らのその〝嘘〟を暴かれることになるぞ」

叶先生の告げた言葉に、むしろ反応してしまったのは私の方だ。

「それって……」

もしかして、由理がついている〝嘘〟の話？

『なぜお前たちは、嘘をついているんだ？』

これは叶先生がこの学校にやってきて、最初に指摘したこと。

私たち三人は、お互いに前世に纏《まつ》わる嘘をついている。

私の嘘は京都で暴かれたけれど、由理と、馨の嘘は、まだ分かっていない。

「あなたの占いが外れたことなどないですから、それは僕にとって脅威ですね」

由理は変わらない笑顔のままだったが、薄く開いた瞼《まぶた》の奥の、その瞳《ひとみ》の冷たさに、私は少しゾクッとした。

「しかし、あなたに忠告されるまでもない。僕の〝嘘〟は僕のものだ」

「……ふっ。自分の力をあまり過信しないほうがいいぞ」

由理と叶先生の視線が静かにぶつかり合う。

叶先生は皮肉な笑みを浮かべたまま、白衣の襟を整えつつ、この教室を出て行った。

カツカツカツと、足音が遠のく。

「……由理？」

ちらりと、隣の由理を見た。

彼はいつもの涼しげな顔だ。先ほどまでのヒヤリとするような瞳の色は、もうどこかへと消えてしまっている。

由理の嘘。やっぱり彼にも、私たちに隠している〝嘘〟があるのね。

叶先生は、それを知っている。そしてそれが、もうすぐ暴かれると予言した。

思い切って、少し尋ねてみた。

「由理は……その〝嘘〟を、私たちには教えてくれない？」

「え？　うん！　今はまだ、その必要もないだろうしね」

そしたらこんな風に堂々と、満面の笑みで拒否されてしまった。

あまりに堂々と拒否しやがったので、私も馨も「うっ」と尻込《しりご》みして、それ以上何も追求できなくなる。由理は私たちの扱いを、よくわかっているわね。

由理の嘘、全く見当もつかない。

だからこそ、隙のない由理の嘘を暴かれるという状況も、いまいち想像ができないのだった。


私と馨はこの後、浅草地下街あやかし労働組合の本部へと向かった。

由理のことも気がかりだったが、まずは昨日の一件から調べなければならない。

そこは浅草で働くあやかしの為の組織で、銀座線浅草駅に直結する〝浅草地下商店街〟の、ある居酒屋の奥の扉から地下へ降りたところにある。

「よお。修学旅行の土産を持ってきてくれた時以来だな、茨木、天酒」

浅草地下街には、この組織を纏める灰島《はいじま》大和組長がいる。

黒スーツにオールバックの髪が特徴的。どこぞのヤクザかマフィアかと思われがちな強面《こわもて》だが、こう見えてとっても人情味に溢《あふ》れている、あ、や、か、し、の見える人間だ。

私たちは元大妖怪というイレギュラーな人間であり、問題と爆弾を抱えているのもあって、組長には何度かお世話になってきた。組長は浅草のあやかしや神様たちの世話を、若いうちからずっとしてきているからね。

まだ若いのに老けて見えるのは、その気苦労のせいに違いない。なんだか、またいっそうやつれて見えるけれど……

「あのね組長。私たち、ちょっと気がかりがあるの」

かくかくしかじか昨晩のことを説明すると、組長は黒いソファにどかっと座り込み、腕を組んだ。

「その件か。実は今、俺たちも追及している。どうやら昨晩、隅田川を無許可で走るクルーザーがあったらしく、そこには外来のあやかしが乗っていたとの情報だ。しかしクルーザーは何らかの事故にあい、外来のあやかしは逃げたとされている」

「私たち、昨晩隅田川に行ったけれどクルーザーなんてなかったわよ」

「それなんだが、何者かが隠遁《いんとん》の術を使い、後処理をした痕跡があった」

「……ってことは、少なくとも術を使う連中の仕業ね」

「ああ。おそらくこれは、人身売買ならぬ、〝人外売買〟の組織による犯行だ。ルー・ガルーの一件も、その手の事件だったんだろう」

馨がため息を零《こぼ》すように、「狩人《かりゅうど》か」と呟《つぶや》いた。

「そうだ天酒。奴らは俗に〝狩人〟と呼ばれている。あやかし狩りをする人間という意味でな。単体で生業《なりわい》にしているものもいれば、組織を作って商売をしている輩《やから》もいる。そういう商売が成り立つってことは、人外を買ってコレクションするような悪趣味なヤツもいるってことだ。浅草は見張っている神も多いし俺たちのようなあやかし労働組合も機能している。奴らがこの地にやってくるなんて、考えたくもなかったが……」

「最近は、意外とそういうところを狙ってくると聞きますよ。彼らは神をも恐れぬ、猟奇的な連中ですからね。浅草はどこより、多種多様なあやかしたちが暮らしている。あの手の連中の好奇心をくすぐるのでしょう」

「ん？」

この事務所の出入り口から、別の声がして皆してそちらに注目。

なんとそこには、陰陽局《おんみようきよく》の青桐《あおぎり》さんが立っていた。背後にはルーもいる。

「こんにちは、浅草地下街の大和さん。そして天酒君、茨木さん」

「……どうしてあなたがここに？」

「ああ、俺がお呼びしたんだ。この件は陰陽局と協力しあって解決しなければならないと思ってな」

そう言ったのは大和組長だ。組長は立ち上がると、青桐さんにどうぞどうぞとソファに座るよう勧める。強面なのに腰が低い……

一方、私は青桐さんの背後に立っているルーと目が合い、ニコッと笑いかけた。するとルーも、小さく笑う。

なんだか以前より少し肉付きがよくなり、健康そうに見える。

フォーマルなスーツ姿がよく似合っているなあ。働く女性という感じがして、頼もしい。

「ルーさんも隣に座りませんか？」

青桐さんが、自分の隣に座るようルーに勧めたが、ルーは首を横に振る。

「嫌だ。アオギリの背後を守らなければならない」

「あはは。ここは安全ですよルーさん」

「何を言う。四六時中、呪いを飛ばされたり刺客の式をよこされたり、堂々と車に轢《ひ》かれかけたり。散々命を狙われているくせに」

「嫌だなあ。ルーさんのおかげで最近は安心安全ですよ〜」

青桐さんとルーの会話から二人が相性よくやっているのがわかる。

しかしなんとなく青桐さんの壮絶な日々も垣間《かいま》見える……いったい何から命を狙われているんでしょうねえ。

「ああっ、すみません。話がずれてしまって」

「い、いえ」

「あなた方と会えて、ちょうどよかったです。隅田川の一件も気がかりでしょうが、その前に、天酒君、少し確認をしたいのですが、いいでしょうか」

青桐さんが眼鏡を押し上げながら、馨を見据えて、切り出す。

「あなたが酒呑童子の生まれ変わりであったという、事実について」

一方馨は、飄々《ひょうひょう》とした反応だった。

「……ああ。まあ、そのうち来るだろうなと思っていたからな」

馨の正体が酒呑童子の生まれ変わりと知られた、あの京都の一件以降、陰陽局の者と顔を合わせたのはこれが初めてだった。

「茨木さん、すみません。少し天酒君をお借りしても？」

「……それは、私にここから出ていけってこと？」

「天酒君とは、一対一で語らねばならないこともありますので……」

私は心配が先走り、少々青桐さんを睨《にら》みつけてしまう。

しかしすぐにルーが私の元へとやってきて、私の傍にしゃがみこむと、膝《ひざ》の上で握る拳《こぶし》に手を当てる。

「マキ、大丈夫。アオギリを信じて」

「……ルー」

「アオギリは、カオルを守るために、まず話をするんだ」

私は一度、ちらりと馨を見た。

馨は困ったように笑い、「大丈夫だ」と頷《うなず》いてみせた。私もまた、「わかったわ」と素直に引き下がり、この事務所を出る。

ルーが私に付きそう。そのように命令されているのだろうか。

まあ、それでもいいか。私は久々にルーとお話しがしたいし。

「ねえ、ルー。追い出されたままここでぼんやりするのもなんだし、一緒に外を見て回らない？　今日は天気もいいしねえ。私、また隅田川の様子を見に行きたいの」

「……ああ」

「そうだ！　亀十《かめじゅう》のどら焼き買っていきましょう！　とっても美味《おい》しいの、ルーにも食べてもらいたいわ。まだあるといいけど……」

銀座線の出口から出て、雷門《かみなりもん》通り沿いにある〝亀十〟という和菓子のお店へ向かう。

浅草には有名な和菓子店がいくつもあるけれど、ここ亀十は〝どら焼き〟が絶品だ。

「あ！　よかった、まだあるみたいだわ」

お店の中は混雑していたが、無事に〝黒あん〟と〝白あん〟の二種類をいくつか買って、私たちはそのまま隅田川へ。

舗装された河川敷にはベンチもあるので、そこに座って「どっちがいい？」と二種のどら焼きを差し出す。ルーは黒あんのどら焼きを手に取り、それを不思議そうに掲げていた。

「ルーは、どら焼き食べるの初めて？」

「いや。たまに陰陽局の仲間たちに貰《もら》って食べることがある」

仲間、か。そうか、ルーは陰陽局の皆をそう思っているのね。

それってきっと、大事にされているからだと、私は察する。

というわけで、二人で並んで、大きくて焼きムラが特徴の、そのどら焼きにかぶりつく。

「これこれ。このホットケーキみたいなふっかふかの皮。美味しい〜〜〜」

私が食べたのは白あんのどら焼き。白あん特有の滑らかさと、程よく上品な甘みが、このふわふわ生地と一緒になって、お口の中に幸せを運んでくれる。

ルーも気に入ってくれたのか、パクパクパクッと、気がつけばもう半分無くなっている。

お腹を満たし、隅田川の流れの音と磯の香りに身を委《ゆだ》ねる中で、私はまたルーに話しかけた。

「ルー、陰陽局には馴染《なじ》めた？　あなたが陰陽局に連れて行かれた時はどうなることかと思ったけれど、見た感じうまくやっているようね。青桐さんは、あなたのいい上司かしら。優しくしてもらってる？」

尋ねると、ルーはどら焼きをかじったポーズのまま、どこかポッと頬を染めた。

ん、んん？　この反応は……この表情は……

「……ア、アオギリは、優しい。凄《すご》い奴だ」

「そ、そうなの？　え、なにその乙女な反応。も、も、もしかして……ルーは青桐さんが好きなの？」

「…………」

さらに赤面し、乙女の表情のままうつむきがちになるルー。

この反応はああああああ！

私はあまりの衝撃に、思わずどら焼きを落としたが、下でいまかいまかと待っていた手鞠河童たちがキャッチし、あっという間に平らげてしまった。

「ち、違う、違うんだマキ。アオギリは、そもそもあやかしが大好きなんだ。私にだけ、優しいわけじゃない。ただの人間、それも陰陽局という立場なのに、私のように処分されそうになったあやかしを、数多く救ってきた。だが損な役回りばかり、あいつは担う。……そのせいで、あやかしに逆恨みされることもある。陰陽局の上層部にも、アオギリを邪魔に思っている者たちがいる」

「…………」

「そうやって生きてきたアオギリを、凄いヤツだな、とは思う」

私の知らない青桐さんのことを、ルーはもうたくさん知っている。

初めて会った時から、青桐さんは少し変わった人間だなとは思っていたが、陰陽局の人間ということで、どこか一筋縄ではいかなそうな男だと私は警戒していた。

だけど、あやかしを大事に思う人間も、やはりいるのだ。陰陽局には。

「ルーは、青桐さんの側にいたい？」

「あ、ああ。……以前は故郷に帰りたいとばかり思っていたが、今はまだアオギリの側で、あの者の理想の先にあるものを見てみたいと思う」

「理想の、先？」

それはいったい、何だろう。

青桐さんの抱く理想ということかな。ルーはそれを、知っているのかな。

「あ。そういえば、津場木茜《つばききあかね》は元気にしている？　修学旅行から一度も会ってないの」

「ああ……アカネは謹慎中だ。京都の一件で上層部にしこたま叱られ、今は津場木本家に戻っている」

「え。えええええっ!?」

なにそれ初耳。それって、きっと……

「私たちを、逃したからよね」

「まあ、そういうことになるだろう。アカネがあの時、京都総本部の連中に楯突《たてつ》いたことで、不干渉だったお互いの組織に、亀裂が入りかねなかったからな。東京本部も、形だけでもアカネに処罰を与えなければならなくなった訳だ。京都の陰陽局と東京の陰陽局は暖簾《のれん》分けされており仲が悪いとはいえ、持ちつ持たれつの関係にある」

「………」

私は口元に手を当てて、しばらく考えた。

津場木茜とは色々あったけれど、悪ぶっていても根は真面目な少年であることはわかっている。

だからこそ、私たちが彼をそのような状況に追い込んでしまったのだ。

「ねえ、津場木家の本家ってどこにあるの？　私、あの子にお礼を言いに行きたいわ」

「え？　そ、それは……私も行ったことがないので分からない。だが、アオギリは知っているだろう。ただ、少々危険かもしれない。津場木家は退魔師の中でも、とりわけ……」

「ほお。茨木さん、津場木家に行ってみたいのですか？」

「わあ！」

背後から声がして、びっくり仰天。そのまま振り向くと、いつのまにやら青桐さんがそこに立っていた。この人いつも突然現れるな。

私が全く気配を感じ取れなかったなんて。やはり青桐拓海《たくみ》というこの男、只者《ただもの》ではない。

「津場木家の本家は埼玉の川越《かわごえ》というところにありますよ。ここから少し遠いですが、行ってみたいですか？」

「そりゃあ、あの子には色々とお世話になったからね。手土産持って、お礼を言いに行くのが筋かなって」

なんとなく気恥ずかしいので、視線を逸《そ》らしながら。

「あはは。意外と生真面目なんですねあなたは。悪名高い大妖怪《だいようかい》だったとは思えません」

「ふん。私はもう人間だもの」

「似たようなことを、天酒君も言ってました。人として、真面目に生きるつもりだと。あなたを大事にしたいとも言っていましたよ」

「え……」

他人経由で馨の言葉を聞くなんて、無性に照れくさい。

多分今、私、顔真っ赤だと思う。

「はは、素晴らしいではないですか。……酒呑童子と茨木童子、かつての夫婦が今も共に寄り添っているというのは。以前、あなた方二人に感じていた不思議な空気というものに、納得がいきましたよ」

「…………」

「津場木家へのコンタクトは、私の方からとっておきます。追ってまた、浅草地下街を通して連絡しますよ」

青桐さんは眼鏡を押し上げつつ、川を挟んだ向こう側にそびえ立つ、スカイツリーを見上げた。

「ルーさん、我々もそろそろ戻りましょうか。……では茨木さんこれで。津場木家へのお土産は、何か甘いものがいいと思います。あそこの式神たちが喜びますからね」

ルーはぴょんと立ち上がると、いそいそと青桐さんについていく。

「ねえ、青桐さん」

私も立ち上がり、去ろうとしていたその人に、一番大事なことを頼む。

「ルーを、よろしくね」

青桐さんは少し驚いていたが、すぐにニコリと微笑むと、「もちろん、彼女はいい相棒ですよ」と答えた。

ルーは真顔だったが、多分嬉《うれ》しかったのだろう。化けの皮が少々剝《は》がれて、ぴょんと出た耳がピコピコ動き、また尻尾《しっぽ》がわっさわっさと揺れていた。

たとえ人間に管理される関係だったとしても、お互いがそれを納得し、尊重し合っていれば、それもまた〝相棒〟としての在り方の一つなのだろう。

私も、考えを少し改めなければならないかもしれない。

主に東京の陰陽局に対して。

「さーて、おもちも待っていることだし、私も帰ろう。馨はまだ組長のところかな……」

ふと風向きが変わり、その流れに乗って微《かす》かに漂う花の香りに気がつく。

顔をあげると、隅田公園へつながる階段の上から覗《のぞ》く顔があった。

「……あれ、若葉ちゃん？」

由理の妹の若葉ちゃんだ。こちらを見ていたみたいだが、私と目が合うと、彼女は少し慌てた。そんな彼女に駆け寄る。

「おーい、若葉ちゃん！」

「ま、真紀ちゃん……こんにちは」

「こんにちは若葉ちゃん。どうしたの？　こっちにいるの、珍しいわね」

「え、えっと。駅ビルの雑貨屋さんを巡っていたの。お父さんの誕生日プレゼントと……お兄ちゃんにクリスマスプレゼントをあげたくて、その準備」

若葉ちゃんは「ここに、お兄ちゃんはいない……よね？」と。

周囲をキョロキョロと警戒している。

でも、そういうことか。由理が今日、若葉ちゃんが銀座の買い物についてこないと言って嘆いていたけれど、若葉ちゃんはこっそりプレゼントを用意していたのね。

「大丈夫大丈夫。いないわよ由理は。もうすぐクリスマスだものね」

「うん。お父さんの誕生日でもあるから、毎年家族みんなでお祝いをするの」

「へええ、いいわねえ」

いかにも幸せ家族という感じのイベントだ。

普通は忘れられがちなお父さんの誕生日、しっかりお祝いしてあげているなんて、なんて良い子。小さくて可愛くて守ってあげたくなる。由理がシスコンになる気持ちも分かる。

「ねえ、真紀ちゃん……」

「ん、なあに？」

「お兄ちゃんのこと、どう思ってる？」

「……へ？」

突然の質問に、私は目が点になる。

「お兄ちゃんのこと好き？」

「え⁇　そ、そりゃあ、長い友人だし」

「馨さんとどっちが好き？」

「えっ⁉　えっと……好きの種類が違うかしら。由理は大事な仲間で、親友よ。物知りで頼りになるし、落ち着いているし、時々毒づくけど、まあそれも由理らしいかな。大好きだし、尊敬してる。ずっと幸せでいてほしいわね」

「……そう」

あれ。この答えでは、あまり納得できなかったんだろうか。若葉ちゃんの表情は、なんだか硬かった。

そしてまた、彼女は囁《ささや》くように、私に問いかける。

「……ねえ、お兄ちゃんは……何なのかな」

「え？」

ドキリとした。

それはいったい、どういう質問なのだろう。

若葉ちゃんは複雑な表情のまま、抱えていた買い物袋をぎゅっと強く胸に抱く。

「ご、ごめんね。もう行かなくちゃ」

「ああ、ならこれ持って行って。亀十のどら焼き。さっき買ったものだから!」

「……ありがとう。これ、大好き」

若葉ちゃんは誰かさんに似たふわりとした笑顔でどら焼きをカバンに仕舞う。またありがとうと頭を下げ、小走りで行ってしまった。

天使みたいに、可憐《かれん》で愛らしい。でも、さっきの質問は気がかりだ。

「若葉ちゃん、由理のことで何か気になることがあるのかしら。まさか、元あやかしだなんてバレる訳ないと思うけれど。由理に限って……そんなヘマも、しないと思うし」

私や馨は、やっぱり元大妖怪の生まれ変わりという個性を子供の頃から隠しきれずに、家族にはたくさんの迷惑をかけたり、違和感を抱かせてしまった。

だけど、由理は違う。そういうのを、家族に悟らせたりしない。

彼にとっては家族が一番大事で、その平穏を守るためなら、なんだってしてきたんだもの。

「おい真紀、何ぶつぶつ言ってるんだ」

「あ、馨」

迎えに行こうと思っていたのに、何やら紙袋を持った馨の方から、私を迎えに来た。

「あのね、さっき若葉ちゃんと会って、ここで話していたの」

「若葉ちゃん？　由理の妹の？」

「ええ。この辺に一人で買い物をしに来たみたい」

「ほお。由理の知らないところで、若葉ちゃんも一人で行動するようになったんだな。兄離れも近い……いや、由理の妹離れが近いのか？」

「なんでニヤついてるのよ、馨」

「いやなんとなく」

「ところでその紙袋なに？」

「ああ、これは大和さんから土産だ。なんだと思う？」

「さあ……お菓子？」

馨がやけにニヤニヤしている。さては相当いいものね。

「ふふん。なんと〝ペリカン〟の食パンだ」

「うそっ、ペリカンの食パン⁉　なんてレアな‼」

予想外な素敵すぎるお土産に、私は目を輝かせ、前のめりになって驚く。

ペリカンとは浅草の田原町《たわらまち》方面にある超有名なパン屋の名だ。

「ありがたいよなあ。なかなか手に入らないからな。江の島行く日の朝飯にでも、トーストにして食おう」

「やったーっ！　ペリカンの食パンはただトーストにするだけで絶品だからねえ」

ますますその日への楽しみが膨らむ、私。

「さ、帰るか」

「ええ、帰りましょう」

そして私たちは、いつものごとく我が家へと帰る。

途中、近所のスーパーで夕飯の買い物をしたりして。

だけどもうこの時にはすでに、新しい騒動の火種は、あちらこちらに散らばっていたのだった。

第二話　江の島とあやかし夫婦（上）

その日の朝、私はまだ暗い時間から早起きをした。

今日はクリスマス・イブ。

そして馨《かおる》との江《え》の島《しま》デートの日だ。

でもなんだかそわそわしてしまう。いつも馨と一緒にいるし、お出かけにもよく行くのに、改まってデートというとね、うん、なんだかね。

「ぺひょ～？」

普通の女子高生らしく、鏡の前で支度に時間をかける私を、おもちが不思議そうに見ていた。

「珍しいねって？　いつも準備に五分もかからないのにって？　そうねえ、適当な格好ですっぴんのまま馨といるのも気楽でいいんだけど、今日くらい可愛くしてもいいでしょう？　まあ、いつも可愛いけどね、私は！　がはは」

はい。冗談はさておき、準備準備……

日頃は適当に流している髪も、今日はお気に入りのリボンでハーフアップに。

唇にも淡いピンクのリップを。

「ぺひょ～ぺひょ～」

おもちがその羽先で、私の足をつんつんする。

「ん？　自分も連れてけって？　もちろんよおもち。今日は一緒に行きましょう。おもちに海を見せてあげたいわ」

Vネックの白のセーターと、女の子らしいフレアスカートを着る。厚手の黒いタイツを穿《は》いておけば寒さも防げるわね。トートバッグに、お財布とスマホと、鍵《かぎ》とハンカチと……。

「おもちも、寒くないようにセーター着ましょう」

「ぺひょっ」

おもちへのクリスマスプレゼントとして、夜な夜な編んだセーターを、上から被《かぶ》せて着せてみた。サイズもぴったり、かわいくってたまんない。

あとは、馨へのプレゼントもカバンに忍ばせて、と。ふふふ。

「さ、行きましょう。今日は馨の部屋で朝ごはんよ。あいつの家には良いトースターがあるからね」

「ぺひょ～」

トートバッグを肩にかけ、おもちを抱えて部屋を出る。

真下のお部屋をノックすると、馨もすっかり起きていて、私たちを部屋に入れてくれた。

「相変わらず味気ない部屋ねえ。几帳面《きちょうめん》なもんだから綺麗《きれい》は綺麗だけど」

「散らかしっぱなしの旦那《だんな》よりいいだろ」

「あ、今自分のこと旦那って言った？」

「ええいうるさい！　朝飯食ったらさっさと行くぞ。日帰り旅行なんだからな」

さーて。お楽しみのペリカンの食パン。

小さめの角食パンを端から分厚く切る。切っているだけで、この食パンが只者《ただもの》ではないことがわかるはずよ。だってずっしりしているんだもの。持ち上げたら断面がふるふると揺れるくらい、きめ細かいの。

これをトースターで焼く。ちょうど馨がインスタントコーヒーをそれぞれのマグカップに入れていたので、その香りがたまらなく食欲をそそる。

「トーストには何がいい？」

「俺、ただのバターで」

「馨はいつもながら王道派ね。私はバターとはちみつ。おもちは？　あらイチゴジャムがいいの。それも美味《おい》しいわよね」

焼きあがったトーストにそれぞれお好みの味付けをして、馨の部屋にある黒いテーブルを囲み、家族みんなでいただきます。

トーストを両手でもって、サクッと齧《かじ》る。

うーん、これこれ。これぞ王者の食パン。表面はサクッとしているけど、中に詰まった、肉厚もっちりしっとり食感の生地がたまんない。鼻を抜けていく素朴な小麦の香りと、噛《か》めば噛むほど口中で広がる深い味わいに、匠《たくみ》な職人技を見た。

シンプルイズベスト。だけど、何かが絶対的に特別。

バターとはちみつがとろけたところに、言葉にできない罪の味が……

「あ。見て、おもちのこの恍惚《こうこつ》とした顔」

「こいつパン大好きだからな。こんな美味《うま》いもの覚えさせて良かったのだろうか……」

「おもちおもち、しっかり。意識をしっかりもって」

魂が抜けたような惚《ほう》けた顔をして、意識が宇宙に飛んでいたおもちを揺さぶった。

おもちはハッとして、再び夢中になってこのトーストを貪《むさぼ》る。

気持ちはわかるわ。それくらい美味しいのよね。魂もっていかれそうになるくらい。

「俺、もう一枚。今度はチーズトーストにする」

「あ！　私も私も」

「ぺひょひょひょひょ」

一人二枚食べたら、もうなくなってしまった。

この日限りの、ご馳走《ちそう》朝ごはんでした。次はいつ食べることができるかな。

さて。しっかり朝ごはんを食べてしまったら、いよいよお出かけだ。

江の島は神奈川県にある、湘南《しょうなん》海岸より突出した陸繋島《りくけいとう》。

観光地としても有名で、浅草《あさくさ》から江の島までは、電車で約一時間半といったところ。

おもちはお利口さんなので、電車に乗っている間は私に抱えられてお人形さんみたいにおとなしくしていたが、途中モノレールに乗る時だけは、興奮を抑えきれずにのそのそと私の肩に乗って、窓から外を見ていたっけ。

さて、終着駅は、湘南江の島駅。

江の島は文字通り島なので、島に向かって長い長い〝江の島弁天橋《べんてん》〟が続く。

「あ、海よ！　海が見える！　海風と磯の香りに心踊るわあ」

「何だか久々だな、海を見るの」

野鳥が飛び交う雄大な空の下、海にかかる長い橋の向こう側には、こぢんまりとした島がある。あれぞ江の島。

弁天橋を歩き江の島を目指しながら、馨がこんな話をした。

「知っているか、真紀《まき》。江の島には五頭龍《ごずりゅう》と弁天の伝説があるんだぞ」

「何、あやかしの話？」

「まあな。そしてここの五頭龍と江ノ島弁財天は、夫婦なんだそうだ」

「……夫婦」

それは遠い遠い昔のお話。

五頭の龍がこのあたりの村々で悪さをし、天変地異を引き起こすので、困った村人は幼い子どもを生け贄《にえ》に差し出した。人身供養《ひとみごくう》というやつだ。

龍はその子どもを食らい、長きにわたって恐怖でこの地を支配した。

そんな時に、江の島は地鳴りと共に隆起した。

江の島には天女が舞い降り住まうことになった。それがのちの江ノ島弁財天。

五頭龍はその天女に恋をし、求婚をしたが断られる。長い間人間を苦しめ、子どもを食らった悪行を指摘されたからだ。

五頭龍はその行いを改め、これからは人間を守ると誓って、再び天女に求婚し、晴れて夫婦となるのである。

「悪さばかりしていたあやかしと、清らかな天女の婚姻譚《たん》、かあ。なかなかロマンチックね。私たちにはぴったりかも」

「江の島にはこの逸話にまつわる名所が、いくつもあるそうだぞ」

そんな話をしつつ、いよいよやってきました湘南の風吹く江の島。

まだ午前中だが、休日とあって観光客も多い。

あちこちに海鮮丼やらしらす丼やらの看板、土産物屋もあるけれど、江島神社《えのしま》へ繫《つな》がる〝青銅の鳥居〟が、まずどーんと目に入る。

「まずは参道で食べ歩きして、江島神社をお参りするか。飯屋は奥のほうにもあるらしいし、見回った後に休憩がてら食おう。それまでは買い食いでしのげ」

馨の提案に、私もうんうんと頷《うなず》く。

「それにしても朝ご飯あんなに食べたのに、もうお腹すいてる……」

「お前、常時腹ペコだからな」

「だって美味しそうなものばかりで目移りしてしまうんだもの。あ、女夫饅頭《めおとまんじゅう》だって。さっきの五頭龍と弁天様の逸話と関係があるのかな」

「さあ、それはどうだか。でも蒸したてで美味そうだな」

というわけで〝紀《き》の国屋《くにや》本店〟の女夫饅頭をさっそく買い食い。

店先で蒸している小ぶりのお饅頭。白と茶の二色。これで夫婦を表しているとか。

茶色のお饅頭はつぶあんで、黒蜜が使用されていてコクがある。白いお饅頭はこしあんの酒《さか》饅頭で、あっさりしている。

両方とも一口でぺろっと。蒸し立てのお饅頭って、軟らかくてふかふかで大好きだ。

馨のリュックから顔だけ出してるおもちにも、お饅頭をこそこそっとあげた。

「あ、見て馨。あの人たち、すごく大きなおせんべい齧ってる」

「ああ、たこせんべいだな。あれも江の島の名物だ。たこを丸焼きにしているそうだぞ」

そこは江の島で有名なたこせんべいのお店〝あさひ本店"。

先に食券を券売機で買って、客の列に並ぶらしい。その間、店先でたこせんべいの実演販売を見ることができる。

熱々の鉄板でプレスされるたこの、悲鳴にも似た蒸発音といったら。そして立ち込めるこの匂い。うーん、たまんないわね。

「わーい、たこせんべいゲットー」

「まだ熱々だな。しかし想像以上にでけえ……」

大きさの度合いが普通のおせんべいとは全く違う。なんていうのかな、顔面より遥《はる》かに大きいサイズ。だけど紙のように薄っぺらくて、ぺしゃんこにされたたこの姿がなんとなくわかるのが面白い。いや、なかなか生々しいのだけれどね。

誰もがこのたこせんべいを、パリパリパリッと食べ歩きしている。

私たちも道ゆく人たちの邪魔にならないよう、道の端っこでパリパリと食べた。

ほんのり醬油《しょうゆ》味の、なんだか懐かしい丸焼きたこせんべい。美味しくいただきました。

食べ歩きをしつつ参道を抜けると、朱の鳥居のお目見えだ。

江島神社には、辺津宮《へつみや》、中津宮《なかつみや》、奥津宮《おくつみや》と三つのお宮がある。

長く続く石段を登り、それを順番にお参りしていくのだが、

「ん？　なんか揺れてるわね」

「地震か」

ちょうど石段を登っていた途中、小さな揺れを体に感じた。

すぐに収まったので気にすることなく進んでいたら、側にいた大学生カップルから、

「あーっ、ヒール折れた！　もう嫌だ、足痛いっ！」

「なんでそんな靴で来たんだよ、ここ階段多いのに」

「まーくんがもっとゆっくり歩いてくれたら、こんなことにはならなかったんだよ！」

こんな言い合いが聞こえてきて、私と馨はぎょっとした。

彼女の方はめいっぱいおしゃれをして、ヒールの高い靴を履いていたせいで、随分と足に負担がかかっていたみたい。

彼氏の方はそれを気にせずずいずいと進んでいたから、地震もあってよろけて、バキッとヒールが折れたようだ。近所のお店の売り子さんが助けに行ったみたいだが、二人ともすっかり不機嫌になっている。

「おい、お前は疲れてないか」

「私、歩きやすい靴で来たから大丈夫よ。そもそもそんなにやわな足腰してないわ」

しかしその後も二、三組ほど、喧嘩《けんか》したカップルに遭遇する。

疲れた、足が痛い、髪がベタついて気持ち悪い、磯臭い、もっとおしゃれな場所かと思

った、など理由は様々。そもそも魚が嫌いで食べられないんだけど、とかもあったわね。

うーん、どうしたことかしら。江の島頂上部には植物園や展望灯台もあるし、ここは人気のデートスポットなのに、みんな喧嘩しているなんて。

そんな中我々も、流れに沿って歩いていたら、カップルに人気の恋人の丘〝龍恋《りゅうれん》の鐘〟へと辿《たど》り着いた。

「なんか、改めてこういう場所に来るのは恥ずかしいわね」

「言うな。俺もなんか恥ずかしくなってきた」

龍恋の鐘のある丘の上は、さっき馨が話してくれた天女と五頭龍の伝説に所縁《ゆかり》のあるスポットのようだ。龍恋の鐘を二人で鳴らして、近くの金網に二人の名前を書いた南京錠をかけると、永遠の愛が叶《かな》うとかなんとか。

事細かなことを知れば知るほど、馨が青ざめていく。

「マジで？　これマジでやるのか？　俺たちが⁉」

「馨、混乱しないで。こういうのは堂々とやっといた方が恥ずかしくないわよ。ここまで来たんだから逃げちゃダメよ」

今更こんな願掛けするのも気恥ずかしいが、江の島に来たからには、やることやっとかないと！

「高校生のカップル」「かわい〜」

なんて後ろでクスクス笑われながら、見晴らしのいい高台にある龍恋の鐘を鳴らす私たち。そして南京錠を買って名前を書き、近くの金網にガチャン。

「ふ、ふう」

「終わった……」

変な汗をかいたからか、ドッと疲れた。

しかしここでも、些細《ささい》なことで喧嘩をしているカップルがいたな。

このような定番のデートスポットを巡り、さらに奥の方まで来ると、観光客も徐々に減ってきて、なんだか秘密の路地裏のような雰囲気になってくる。

古い宿や、食事処も軒を連ね、道ゆく客を招いている。

このあたりの雰囲気は落ち着いていて好きだ。私も、馨も。

「そろそろ飯にするか」

「歩き回っておなかぺこぺこ。おもちもおなかすいたわよねえ」

「ぺっひょ〜」

ちょうど海岸側にある食事処を発見した。ここは海側に開けたテラスがあり、そこで食事ができるみたい。

すぐに入れそうなお店だったので、テラス席の一番端っこに案内してもらった。

メニューにはやはり、しらす丼や海鮮丼、サザエやハマグリの焼き物、魚の煮付けなどの、海の幸が目立つわね。

「生しらす丼が王道かしら。あ、でも生しらすが入った海鮮丼もいいわね。贅沢《ぜいたく》だし」

「江ノ島丼ってのもあるぞ。刻んだサザエを卵とじにしたものらしい」

「なにそれ、サザエの卵とじって文字列だけで美味《おい》しそう」

というわけで、馨は海鮮丼を、私は江ノ島丼を注文し、他に生しらすをおろし生姜《しょうが》とお醤油でいただく小鉢をそれぞれ頼んだ。あと焼きハマグリと、金目鯛《きんめだい》の煮付け。

「奮発したわねえ、私たちにしては」

「そのためにバイトも頑張ったからな」

「私も帰ったら丹々屋《たんたや》のバイトもうちょっと入れようかしら……」

今回の旅費は二人の食費から捻出《ねんしゅつ》している。今月の食費に、馨が多めにバイト代を入れてくれたのがありがたかったし、私もこの日まで頑張って節約した。

ここでケチっても仕方がないし、観光地の食事はちょっとお高めだからねえ。

窓辺で雄大な海を眺め、他愛のない話をしていたら、お料理が一つ運ばれてくる。

トロトロ半熟卵に新鮮なサザエのぶつ切りがたっぷり包み込まれた名物〝江ノ島丼〟。

親子丼の鶏肉《とりにく》の代わりにサザエを使っているお料理というと分かりやすいかしら。

取り皿ももらって、おもち用に取り分ける。

誰もいないテラスなので、おもちもやっとカバンから出て、のびのびとできるわね。

「う〜〜〜っ、美味しい！　甘く味付けしたサザエの身がね、コリッコリでね、ふわふわとろとろの卵でね、こう閉じ込めて、あー」

「感想は30文字で述べよ」

「無理よ！　でも一言で言うならば〝白米にめっちゃ合う〟よ」

これ、本当に美味しい。空《す》きっ腹に染み渡る感じ。江の島では生の海鮮に心を奪われがちかもしれないけれど、この江ノ島丼も食べてみる価値ありよ。

「ぺひょーぺひょーぺひょー」

「……そうか、美味《うま》いかもちの字。うんうん」

私の感想には手厳しかったのに、おもちの「ぺひょー」しか言ってない感想にはちょっと甘い馨。しかもおもち用に取り分けた江ノ島丼、食べさせるついでにフーフーしながら自分も食べてるし。あ、美味《うめ》え、とか言いながら。

海鮮丼、生しらすの小鉢、金目鯛の煮付けと、次々にお料理が運ばれる。

「あら〜、馨の海鮮丼も美味しそうねえ」

あ、馨ってばおもちにボタンエビをあげてる。羨《うらや》ましい。

釜揚《かまあ》げしらす、生しらす、サーモン、ボタンエビ、イカ、真鯛、マグロ、かんぱち……

まあ私は私で、生しらすの小鉢をつつきますから。

朝どれの新鮮なしらすなんだって。どれどれ……

「おお。プチプチ」

この半透明の小魚って見た目のインパクトに圧倒されるが、食べてみるとプチプチとした新食感がクセになる。生臭さは一切なく、新鮮なのだとわかる味だ。

金目鯛の煮付けもふっくらと軟らかく、優しい味わい。言うまでもなく美味しい。これはお家《うち》で作ることのできない味ねえ。

あ、また地震。小さいけれど。

「海の幸をこうやって食ってると、丹後《たんご》の魚介をたくさん持って帰って、酒の肴《さかな》にしたのを思い出すな」

「こんなに多種多様な味付けは無かったけれど、お魚や貝そのものの味は、昔っから同じ。ああ、身の引き締まったぷりぷり焼きハマグリ……たった一口でも幸せ」

一人一つの贅沢だったが、ハマグリも炭火で焼いたばかりのものをぺろっといただいた。おもちの分のハマグリもたのんでいたので、それをあげると、おもちはパタパタとフリッパーを羽ばたかせ、喜んで食べた。

食べ終わったハマグリの貝殻を大事そうに抱えていて、それがらっこみたいでかわいいの。ペンギンなのにねえ。

さて。普段はなかなか食べることのない食材に驚いたり、感動したりしながら、こんな風に贅沢な昼食が終わった。満面の笑みでお腹を撫《な》でる。

「ああ、お腹いっぱい」

「満足しましたか、真紀さん」

「ええ、満足。大大大満足」

それにしても、馨って時々敬語になるのが面白いわよねえ。馨に「真紀さん」って呼ばれるのも嫌いじゃない。

「確かに美味かったな。お前も楽しそうで……その、よかったよ」

馨がなんだか照れながらも、らしくも無いことを言う。それが嬉《うれ》しくて。

「うふふ。ありがとう馨」

「なんで感謝」

「だって、私の〝どこかへ行きたい〟っていう願いを叶えてくれたじゃない。馨がここへ来ようって言ってくれなかったら、江の島の美味しいものを知らずにいたわ」

「お前、案外インドア派だからな。浅草っていう範囲の」

おもちが貝殻を叩《たた》いて遊び始めた。そろそろお客さんも増えてきたし、また江の島散策を開始しようと、席を立つ。

「あんたたち高校生のカップル？　かわいいねえ」

「え、いや、えーと」

お会計の時、食事処のおばちゃんに声をかけられた。私と馨はカップルと呼ばれる経験があまりないので、また変な汗が出る。

「でも気をつけなよ。江の島でデートしたカップルは高確率で喧嘩して別れるって噂だから」

「…………え？」

なんてこった。そんなジンクス聞いてないわよ。

恥ずかしい思いして龍恋の鐘まで鳴らしてきたのに！

「でも今のところ、なんもないよな？　お前、なんか不機嫌だったりする？」

「いいえ、気分はいつになく最高よ。カップル力より夫婦力の方が大きいからじゃない？」

「ああ、なるほど……」

あっさり納得する馨。夫婦にそのジンクスは効かないのかしら。

でも確かに、今日はあちこちで喧嘩するカップルを見た気がする。

「あ、海が見えてきた」

散策を再開し、細い路地を抜けて石段を下りていくと、海に面したでこぼこの岩場に出る。ここは江の島の西端〝稚児ヶ淵《ちごがふち》〟である。

「おー、見事な海食台地だな。釣り人も多い」

「いいわねえ、海が近いわ。海風を全身で受け止めるこの感じ、好き」

稚児ケ淵に降りて海を眺めるのもいいが、お目当はこの先にある〝江の島岩屋〟である。江の島岩屋とは海食によって作られた洞窟《どうくつ》であり、先ほどお参りをした江島神社発祥の地。さっそく、案内に沿って第一岩屋に入った。

ピチョン……ピチョン……

暗い洞窟の岩肌に水が滴る。

そして空気が、重くひんやりとしている。冬なので寒いくらい。

澄んだ水の溜《た》まり場の中に、ぽつんと佇《たたず》む石碑もあったりして、雰囲気がある。

「霊的な空気の濃い場所ね」

「ここには源頼朝《みなもとのよりとも》や北条時政《ほうじょうときまさ》が参拝に訪れた伝承がある、古い信仰のあった土地だからな。江戸《えど》時代にはすでに人気の観光地だったようだ」

馨と一緒に、所々にある説明書きのパネルを読みつつ進む。

途中、待ち受けていたスタッフに火の灯《とも》ったろうそくを貰《もら》い、それで照らしながら洞窟の奥へ。それほど大きな洞窟でもないので、頭に気をつけながら。

道の脇には、古い時代の石像や石祠《せきし》が並んでいた。

歴史的にも、とても重要なものなのだとか。

「ずっと昔の人間の、信仰心の強さを感じるわ。確かにここに満ちている霊力、とんでもない密度だもの」

「ああ、奥へ進めば進むほど、濃いな」

途中、行き止まりになってしまった。立ち入り禁止の柵《さく》がある。

まだ奥に続く道はありそうなのだが……

「知っているか、真紀。この江の島岩屋、ここで行き止まりになっているが、この先はずっと続いていて、富士山《ふじ》の〝鳴沢氷穴《なるさわ》〟に繋《つな》がっているって伝説がある」

「へー富士山の……って、え、うそ。さすがにちょっと遠すぎるわよ」

「まあ、あくまで伝説だがな。しかし古くは鳴沢氷穴で迷った者が、気がつけば江の島のこの洞窟に出ていたという逸話もある」

私は改めて、これ以上進んではならない、その洞窟の奥を見据えた。

世にも奇妙な物語だ。だけどこういう土地であるのなら、そこに霊的な理由があってもおかしくない……

『おやあ、不思議な力を持った人の子がいるねえ。こっちへおいで』

耳の奥で響いたハスキーな女性の声を意識した途端、目の前の景色がパッと変わった。

「……ここは？」

「狭間《はざま》？　いや、すでに神域だ」

先ほどまで行き止まりになっていたのに、続く洞窟を進むのを妨げるものはなく、振り返っても人はおらず。

その奥から聞こえてくる琵琶《びわ》の音色は、私たちを誘っているみたい。

私と馨はお互いに頷《うなず》きあい、歩みを進めた。

ゆらゆらと揺れるろうそくの火は勢いを増し、洞窟の岩壁を照らす。

やがて「ベベン」と軽快な琵琶の音が鳴り響く。私たちは洞窟の奥にあった岩の社を見つけて、ぽかんとそれを見上げていた。

そこには薄布で体を覆い、貝の装飾で身を飾った、人間よりふたまわりほど大きな体をした弁財天様が座していたのだ。

真っ白な肌は洞窟の中でも光り輝き、後ろで結った長い髪は夕方と夜の訪れを思わせるオレンジと紫のグラデーション。瞳《ひとみ》はきらきらと細やかな金を抱く、海の色。

大きいけれど、なんて幻想的な佇まいをした、美しい天女様だろう。

「えっと……はじめまして、江の島の、弁天様？」

最初こそその存在感に圧倒されていた私たちだが、私はやっと挨拶《あいさつ》をする。

「いかにも、あたいは江ノ島弁財天」

抱えていた琵琶をベベンと弾き鳴らし、弁天様は片膝《かたひざ》を立ててふんと笑った。

幻想的で美しい見た目をしている割に、どこか勝気で男前。

弁天様は私たちの前まで顔を下ろすと、一人一人を交互に見る。

「珍し〜い。あやかしから人の子への転生体か？　どうりで普通の人の子とは違う匂いだと思ったよ。そういや以前、鎌倉《かまくら》のあやかしどもが逃げた土地で、その手の人間の世話になった輩《やから》がいるって聞いたねえ。えーと確か、あの有名な大妖怪《だいようかい》の生まれ変わり……」

馨が表情を引き締め、隠さずに答えた。

「俺は酒呑童子《しゅてんどうじ》の生まれ変わり、こっちは茨木童子《いばらきどうじ》の生まれ変わりだ」

「ああ。そうそう、酒呑童子と茨木童子だ！　かの有名な、夫婦の鬼。人に討たれたというのに、人に生まれ変わっただなんて、輪廻《りんね》転生の皮肉ったらないね」

弁天様はケラケラ笑う。馨は少々むっとしつつ、冷静に問う。

「……現世《うつしょ》の名は、馨と真紀という。俺たちを呼びつけ、いったいなんの御用か」

「ん？　御用ってほどのことは何もない。退屈していたから、呼んでみただけだ。しっかし憎らしい。実にね。だってお前たちは生まれ変わっても、共にいるのだから」

「だって元夫婦だもの。今世でも結婚する予定だし」

「そうだな」

「……えっ⁉」

堂々と言い切った私と、いつもならつっこんでくるはずなのにすんなり肯定する馨。

私はそっちに驚いてしまった。そりゃもう、口と目をかっぴらいて。

「なんだよその顔。するんだろう、結婚」

「え？　そ、そりゃあするけど……え？　どうしたの馨、熱でも出した？」

思わず額や頬にペタペタ触れてみるが、馨の体温はいつもどおりちょっと低いくらい。

この様子に江ノ島弁財天様はぷっと噴き出し、足をばたつかせて大声で笑った。さらに琵琶をガンガンに弾き鳴らす。

そのせいで地響きがするので、足場を保つのに必死になる私たち。

もしかして、もしかしなくとも、度々感じていた地震はこれか。

「あっはははは。いっひひひひ。ああ、おかしい。あたいが嫉妬《しっと》する余地もないほど、出来上がった夫婦と見える」

「嫉妬？　そういうあなたは、五頭龍と結婚したって伝承を聞いてたんだけれど」

「…………」

あれ、また地響き。

目の前の弁天様は、さっきまで陶器のように白い肌をしていたのに、それが下から徐々に赤くなる。照れているなんて可愛いものじゃない。これは、強い怒りだ。

「あんなやつ！　今すぐ離婚してやるーっ！」

「五頭の野郎、あたいとの結婚記念日を忘れて、竜宮城《りゅうぐうじょう》に遊びに行きやがったんだ。今年はあたいに、大きな花束をくれるって約束だったのにーっ！」

「ええぇっ⁉　離婚⁇」

「………」

は、はあ。

なんと江の島の弁天様と五頭龍の夫婦は、只今《ただいま》絶賛夫婦喧嘩《げんか》中でしたか。

江の島に根付く古い伝説となっているこの夫婦が、もし離婚することになったら、この地にどんな影響があるのだろう。

とりあえず弁天様のお怒りを鎮めんと、私たちは両手を掲げて「鎮まりたまえー鎮まりたまえー」を連呼。これを見たおもちが何かの体操かと思ったのか、動きを真似する。

そんなこんなで、弁天様もやっと落ち着いてきた。

「そもそも竜宮城ってなに？　実在するの？」

「海に住まうあやかしたちのキャバクラだよ」

「……キャバクラ？」

私は真顔で、隣の馨を見上げる。

「なんで俺を見るんだよ。行ったことなんてねえぞ、キャバクラなんて」

「別に何も言ってないでしょう。ただ、男の人はそういうとこ行きたいのかなって」

「学生の俺に聞くな。返答に困る」

馨はゴホンと咳払《せきばら》いし、話を元に戻す。

「……それで今、五頭龍はどこにいるんだ？」

「どこって。そりゃあこの島を囲う海をうろついているだろうよ。あたいがここへ入れないようにしているから」

要するに旦那《だんな》さんは、この冬空の下、家から閉め出されている、と。

「夫婦喧嘩でイライラしていたのもあって、江の島にやってくる半端なアベックに嫉妬心が燃えてしまった……ついついちょっかいをかけてしまったよ。上り下りの階段の数を増やして疲労させたり、女を転ばせてヒールを折ったり、海風をいつもより強くして長時間かけてセットしたであろう髪をべたつかせたり。ついでに男の目の前に、あたいそっくりの美女をチラつかせたり」

う、うわあ。陰険……

「このくらいで若い恋人たちのムードはたちまち険悪になる。実に半端な連中だ」

「はあ。それで江の島でデートするカップルは別れるってジンクスができたのね……」

なんて恐ろしい弁天様。

こんなジンクスがあったら、江の島に恋人たちが来れなくなっちゃうわよ。

「ていうかもうどうでもいい。あーもう、どっか行きたーい。実家に帰っちゃおうかなー。

五頭のいる海なんて憎たらしいだけだし、あたい空の上に戻っちゃおうかなー」

弁天様は投げやりなことを言う。

「弁天様がいなくなったら、江の島はどうなるの？」

「そりゃあ、沈むな。このままズドンと」

「…………」

「だってこの島、あたいの力で隆起させているんだ。あたいがいなくなったら沈むわな」

サー……と青ざめる、私と馨。

ちょっと待ってくださいよ、ここは毎日たくさんの人が集まる観光地。

そもそも長い歴史と信仰のある土地ですよ。

「お、おお、落ち着いて弁天様。もしかしたら五頭龍にも何か理由があったのかもしれないわ。だって、五頭龍は誓ったんでしょう？　いい龍になるって」

「そ、そうだ。男ってのは不器用だから、何か勘違いをさせてしまったのかも……」

「ふん。ならばお前たち、五頭のところへ行って確かめてみればいい。本当に結婚記念日を忘れて遊んでいたのであれば、この離婚届を渡してサインを書かせろ」

ひらり、と私たちの前に落ちた紙切れを拾い上げる。

うわあ……

立派な紙に神様の古い言葉で綴《つづ》られた、重々しい契約書。ただしこれは離婚届。

すでに江ノ島弁財天様側は書き込まれ、拇印《ぼいん》もちゃんと押されている。

「ねえ馨。このままだと江の島の危機よ。この島が弁天様の怒りで沈んじゃったら、今年一番の珍事件になるわ」

「いや、珍事件レベルじゃねえよ。大災害じゃねーか」

「これはなんとしても、夫婦の絆《きずな》を取り戻してもらわないとね。きっと私たちにしかわからないことや、できないこともあるわ」

「……ま、そうだといいがな」

ここまできてあやかし関連の事件かよ、と馨は頭をかいていたが、ふと何か思い出したことがあるみたいで、弁天様に改めて向き直る。

「江ノ島弁財天。全く関係のない話だが、ひとつ聞きたいことがある」

「なんだい」

「ここ江の島岩屋の洞窟《どうくつ》を進むと、富士山の鳴沢氷穴に繋がっているというのは本当か？」

「ああ、それか……」

弁天様はゴロンと寝転がると、プカプカと煙管《キセル》を吹かしてくっくと笑う。

「まあ、嘘ではない。ただ一度、誰もが〝死ぬ〟ことにはなるがな」

「死ぬ？」

「地獄《じごく》穴、を知っているか？」

江ノ島弁財天は意味深に目を細め、私たちに問いかけた。

地獄穴……？

私には何のことだかよくわからないが、馨は聞き覚えがあるのか眉《まゆ》をピクリと動かす。

「二つの洞窟は〝地獄穴〟という霊力源点によって繋がっておる。地獄穴とは、異界の最下層〝地獄〟に直接行くことのできる穴。要するに、鳴沢氷穴と江の島岩屋を行き来できたものは、一度地獄を巡ってきたということになるな」

えーと。それは確かに一度死んでますね。

「弁天様は、地獄穴を降りたことがあるの？」

「まっさかー。天女のあたいだって、あんなところに行きたいとは思わない。お前たちも間違ってあの穴に落ちちゃあいけないよ。現世の元鬼が、獄卒の鬼にしばかれるところなんて、見たくないからね」

「………」

「でもたった一人だけ、あそこを通って戻ってきた奴もいたね。ま、遠い昔の話さ」

私と馨は、顔を見合わせる。わざわざ地獄穴を覗《のぞ》きに行こうとは思わないが、一度地獄へ行って戻って来た者がいるなんて強者《つわもの》だなあ、と。

いったいどんな人物だったのだろう。

第三話　江の島とあやかし夫婦（下）

江《え》ノ島弁財天《しまべんざいてん》の離婚届を丸めて握りしめ、一度岩屋から出た。

そして海に面した稚児ヶ淵《ちごがふち》へと降りる。

「ん……？」

ザー……ザー……

波の音は絶え間なく聞こえてくるが、それ以外の音が一つもない。

さっきまでいた観光客も、一人も見当たらない。

「ここ、まだ神域なのね」

「あの弁天、俺たちがその離婚届を五頭龍《ごずりゅう》に渡さない限り、ここから出さない気だな」

見た目はさっきまでいた江の島と同じなのだが、ここはその姿のまま神の住まう裏世界。

海も空も、どこか濁った灰色をしていて、雲の形もなんだか変わってる。弁天様の心を反映しているみたいにドロドロぐるぐる渦巻いている。

「ぺひょっ、ぺひょっ」

「あっおもち」

おもちが馨《かおる》のリュックから飛び出し、ごつごつした岩を器用に歩く。

人間がおらず、おもちが自由に歩けるようになったのは良かった。

「あ、ヒトデ。馨、おもちがヒトデ見つけたって。一つ目ついてるけど」

「お前すごいなあ、妖怪《ようかい》ヒトデを手で持てるなんて、勇敢な男だなあ」

「ぺっひょ〜」

褒められて喜ぶおもち。ああ……かわいいペン雛《が》に夢中の私たち。

楽しそうに散策するおもちの後に二人してついて行って、愛くるしいその姿の写真をとったり、一緒に貝拾いをしたり。

本来の目的を、本気で一瞬忘れていた、親バカな私たち……

「おい真紀《まき》、変な穴があるぞ」

「なにこれ。……花にまみれてるわね」

ある大きな岩の窪《くぼ》みに、大量の花がどっさりと敷き詰められているのを見つけ、私も馨もそれを覗き込む。

あまりに適当に、もっさりどっさり積み上げられているので、下の方の花は萎《しな》びている。

「何日間もここに花を溜《た》め込んでいる奴がいるみたいだな」

「……それって」

もしかして弁天様の旦那様の、五頭龍じゃ……？

「ぺひょ〜〜」

窪みの花に、おもちが興味を持って触れようとした時だ。

『触るな‼』

地鳴りのような怒声が響き、私たちは飛び上がる。おもちなんて怒られたと思って、びっくりして馨の足にしがみついてぐずぐず泣きだした。

私たちは海の向こう側からこちらに迫ってくる巨大なあやかしに目を見張る。

「あれが五頭龍ね。首が五本もあってダイナミック！」

「ほおー。ひょろ長い龍の貴船《きぶね》の水神と違って、こっちは特撮怪獣系のドラゴンだな。金ぴかで三本首のあるアレにフォルムが似てる……」

その龍は緑色の体を持ち、体から五つの首が伸び、それぞれの顔が凶悪な面をしている。しかし強面《こわもて》に似合わず、それぞれの顔の口にはお花を咥《くわ》えているので、そこだけ可愛い。

「その花に触れるな。それは我が妻、江ノ島弁財天に贈るものだ！」

五つの顔が私たちを見下ろし、きつい口調で怒鳴る。五つの口を揃えて言うので、凄《すご》みもある。

おもちが更に怖がって、馨の体をよじ登ってリュックに隠れてしまった。

顔だけちょこんと出して様子を窺《うかが》っている。

「あなたの大事なものに、勝手に触れようとしてごめんなさい。でももう枯れそうな花もあるわ。これ以上花を積み上げたら、どれもこれもダメになっちゃうわよ？」

さりげなく指摘してみる。

すると五頭龍はその首の一つをこちらに近づけ、私や隣の馨の顔をギロリと見てから、

「お前たち、人間か？　人の子がなぜこのようなところにいる」

「そりゃあ、江ノ島弁財天に呼ばれたからよ。私たちは、あなたに離婚届を持っていくように、弁天様に言いつけられたの」

「…………え」

ついでに馨が、離婚届を開いて掲げ「ほらよ」と見せつける。

途端に、さっきまで威厳と怒りに満ちていた五頭龍の顔が、五つともくしゃっと歪《ゆが》み、ポロポロと涙をこぼした。

「そんな……そんな！　えっちゃん、まだ怒ってるの？　えっちゃ〜〜〜ん」

「……えっちゃん⁇」

江ノ島弁財天だから、えっちゃんなのかな。

五つ首があるもんだから、号泣していると鬱陶《うっとう》しいったらないわね。

「ま、夫婦それぞれ呼び方ってあるものよね。馨も時々私のこと〝真紀さん〟って呼ぶし」

「俺の場合、多少嫌味や皮肉のニュアンスが入ってるがな」

「まーたそういうこと言って」

おもちがもそもそとリュックから這《は》い出てきて、馨の頭の上にちょこんと座り、首を垂れてぐすぐす泣く龍の頭を撫《な》でている。

あら優しい子。さっきは怒られて怖がっていたのに。

でも、なぜこの龍が悲しんでいるのか、おもちにはよく分からないみたい。しきりに首を傾げている。

「あのねおもち。この龍さんは今、奥さんに離婚を突きつけられて、悲しくて泣いてるの」

「ぺひょ〜？」

「そんな言い方しても、おもちにはわからないだろ。あのなおもち、離婚ってのはママとパパの仲が悪くなって、お互いに嫌いになって離れ離れになるってことだ」

「ぺひょっ⁉」

途端におもちは青ざめて、慌てて馨の頭の上から飛び降りると、私と馨をひっつけようと足を押したり引っ張ったりする。見るからに必死だ。

「ち、違う違う。私たちが離婚するんじゃないわ。そもそも結婚もしてないわ。私たちは至って仲良しよお」

「うーむ、俺がしょっちゅう離婚する離婚するって言ってたから、意味がやっと分かったってところか……今度から気をつけよう」

私と馨の間でむぎゅっと潰《つぶ》れているおもちの一生懸命な様が可愛らしく、思わず笑ってしまった。私たちに喧嘩《けんか》して欲しくない、健気《けなげ》な子どもの気持ちを知る。弁天様と五頭龍の間に子どもがいるのか分からないけれど、彼らが離婚したら悲しむ者たちもいるのでしょうね。

だって、心配そうにこちらを窺う小さな海のあやかしたちも、あちこちにいるもの。

「ねえ五頭龍。弁天様は、あなたが結婚記念日にキャバクラに行ったたって怒ってるけれど、本当？」

「……嘘ではない。しかし事実でもない」

「は？　なんだその見苦しい言い訳は。男らしくないぞ」

馨の呆《あき》れた言葉に反論もせず、五頭龍はやはりおいおい泣いて、すっかり女々しくなってしまっている。図体《ずうたい》はこんなに大きいのに。

「違う。わしはただ、海中に咲く花を探していただけなのじゃ」

「海中に咲く花って？」

「わだつみ草だ。とても美しい花で、えっちゃんの瞳《ひとみ》の色に似ているから、結婚記念日に贈ろうと思っていたのだ……しかし昔はよく咲いていた場所に行くも、今では全く咲いておらず、見つかったのはこの一本だけ」

五頭龍は真ん中の首の鬣《たてがみ》を、別の首でかき分けて、水の膜で守っていた一本の花を取り出す。

それは普通、なかなかお目にかかることのない、一枚一枚の花びらが海の色を閉じ込めた雫《しずく》となっている霊花、わだつみ草。

「これじゃ花束にはならんからと、わしはひたすら泳いで、泳いで、このわだつみ草を探して……ちょっと疲れたので、南の海の竜宮城《りゅうぐうじょう》でひとやすみすることにしたのじゃ」

「それが……人魚たちのキャバクラだった、と」

なんだかじとっとした目をしてしまう、私と馨。

「わ、わしは遊んでいたのではない！　ただ、人魚たちが酷《ひど》く困っていたため、話を聞いていたのだ。どうやら最近、人間の〝狩人《かりゅうど》〟たちによって、人魚狩りが横行しているらしい。どこぞの闇オークションで売り飛ばされるのだそうだ」

狩人の人魚狩り……また、狩人か。

「そりゃあ……随分とえげつない話だな」

「……最近、狩人たちが派手に動いているわね」

それは、先日浅草《あさくさ》地下街で聞いた話とも繋《つな》がる、あやかしを狙った狩人たちの悪事。

人魚は特に容姿も美しく、その肉に不老不死の力があるとした人魚信仰もあるため、古い時代より人間に狙われやすいあやかしの代表格でもある。

「それでわしは、人魚たちから話を聞き、ついつい振舞われた酒を飲んでしまい、丸三日そこで寝てしまった。多少は美女にちやほやされたり、自慢話していい気分になったり、酒に飲まれてしまったところもあるが……いや違う、わしは疲れていたのだ！　目が覚め、慌てて江の島へ戻ってみたが、寝ていた三日の間に結婚記念日をすっぽかしてしまった。こんなわしにえっちゃんは酷く怒ってしまい、岩屋に篭《こも》ってしまった……というわけだ」

な、なるほど……

色々と残念な言い訳もあるけれど、本当は弁天様を喜ばせたくて、希少な花を探していたのね。

もっと詳しく聞いてみると、五頭龍はずっと江ノ島弁財天が出てくるのを待って、ここに花を置き続けているらしい。

海中で咲くわだつみ草は一つしか見つからなかったらしいけれど、ここに置かれている花々は、江の島付近に咲いているものだけではなく、もっと遠くの、海の向こう側から持ってきたものもある。

「わしはあの岩屋には入れん。えっちゃんもあの岩屋からは出てこん。話もできず、どうしていいか、わからんのじゃ」

「ふうん。でもそれなら、まずはこんなにぐちゃっと花を置くのではなく、女の子が喜ぶ綺麗《きれい》な花束を作りましょうよ。いえ、せっかくだから花冠のほうがいいかしら。そのわだつみ草をワンポイントにして、目立たせればいいんだわ。それになんだか、クリスマスリースっぽいし」

「くりすます？」

「現世《うつしよ》の人間たちの祭りの一つだ。異国の祭りだから、お前たちのような古いあやかしや神はあまり馴染《なじ》みがないかもしれないがな」

「しかし……わしは手先が器用ではない。花冠を美しく作るなど難しい」

大きな図体でもじもじする五頭龍。その表情を見るだけで、長い夫婦とはいえ、今も弁天様が大好きなのだなと分かる。それがなんだか、妙に微笑ましい。

「そこは私たちに任せて！　大丈夫よ、私小さなころにお花で冠作るの得意だったから」

というわけで、レッツ花冠作りだ。

私と馨、おもちは、三人で花の密集地帯から綺麗な花を選び出し、私はそれを、一つ一つ丁寧に編み込んで、あの江ノ島弁財天の頭のサイズに合うように、花輪を作る。

綺麗な花をふんだんに使った花輪。

きっと素敵なものができるでしょうね。

「おーい、花壇から摘んで持ってきたぞ」

「ぺひょ〜ぺひょ〜」

馨とおもちが、江の島に咲いていた新しい花も持ってきてくれた。神域とはいえ、あちらの植物園や花壇で咲いていた花がこちらにも反映されていたらしい。

「わあ、紫のビオラがある。かわいいかわいい！」

「なぜ紫のビオラ限定で興奮してるんだ」

「私、なぜか紫のビオラを見ると、馨を思い出すのよね。ビオラって顔があるように見えない？　このむっとした表情が馨みたいっていうか。濃い紫だとあんたの髪色みたいだし」

「は、はああ？　意味が分からん」

馨はビオラを一本手に取り、何がどう自分と似ているのか確認していたけれど、その顔がいかにもビオラみたい。

まあ、それだけじゃないけれどね。

紫色のビオラの花言葉は、『揺るがない魂』というの。

あれはまだ小学生の頃だったかな。由理《ゆり》のお家《うち》にある大きなサンルームで、綺麗に咲いた紫色のビオラの花を見つけた時、由理にもこれが馨に見えるって話をしたことがある。

その時に、この花言葉を教えてもらった。

揺るがない魂……馨らしいでしょう？

「おい。美しい石と貝殻を拾ってきたぞ」

「あら、ありがとう。これは使えそうだわ」

五頭龍が、何かと使えそうな装飾を見つけてきてくれた。

私は座り心地の良さそうな岩場に落ち着き、手と指を使ってサクサクと花を編む。

「器用なもんだな。まるで編み物をしているみたいだ」

「ふふん。最近ずっと編み物してたからね」

「……編み物？　編み物しているところなんて見てないが。お前、そんなに編み物好きだったか？」

「あー……いや、馨がいないところで、その。ほら！　おもちのセーター編んでたの！」

「ああ。そういえば。こんな小さな服、どこで買ったんだろうと思っていたが、お前の手作りだったのか」

やばいやばい。危うく私が馨に用意したプレゼントがバレるところだったわ。

私はもう顔を伏せて、やはり黙々と花を編む。隙間ができたら、色合いを考えつつ花を差し込み、貝殻や石も巻き込んで……

「でもこれを輪っかにして留めるものがないわね。綺麗な紐《ひも》でもあったらいいんだけど……あ、そうだ」

私は髪をハーフアップにしていたリボンを解き、それで花輪を結び留める。

きつく縛ってリボン結びにしたら、ほら可愛らしい。

「お前、それ、昔から使っているお気に入りのリボンじゃ……お前の両親が買った……。待て待て。結うものならそこの蔓《つる》とか草とかでも。俺が代わりのものを探すぞ！」

「いいのよ。確かによく身につけているリボンだけど、髪飾りは他にも持っているしね。みんなで作った花輪を、より可愛くしたいもの」

「…………」

馨は何か言いたげだったけれど、結局口をつぐんで、そのまま私が花輪を完成させるのを手伝った。巨大な花輪が潰れたり汚れたりしないよう、持ち上げたりして。

「よし、完成！　古今東西、四季折々の、お花の冠よ！」

五頭龍が、本来自分の妻に贈ろうとした、わだつみ草の花束ではない。

だけどあちこちの海を越えて集められた花々が、色とりどりで賑《にぎ》やかで華やか。

そしてピョロリと垂れるリボンと、真ん中の結い目に挿し込んだわだつみ草の花が、この花冠のワンポイントになっていてかわいい。

「五頭龍、見て。あなたが集めたお花で、素敵な花冠ができたわ。雑多に積み上げるより、ずっと綺麗でしょう？」

「うむ。最上の仕上がりじゃ。きっとこれで、えっちゃんもわしを許してくれるはず……」

どこか安心しきった五頭龍。

しかし私はここで、少し意地悪な顔をする。

「あーら、それはどうかしらね。あなたは一応、この離婚届を書いたほうがいいわ」

「えっ⁉　なぜ、なぜじゃ」

「だって江ノ島弁財天はあなたと離婚したがっているし、私たちはそれをあなたに書いてもらわなければ、岩屋に戻れないもの。いいからこれ、書きなさい」

私は五頭龍に離婚届をほらほらと押し付ける。

「どういうことだよ真紀。離婚させないために頑張ってたんじゃないのか、俺たちは」

「うふふ、馨は女心が分かってないわねえ。これは駆け引きに必要なのよ。二人が本当に思い合っているのなら、これを使うことにはならないわ」

五頭龍は「嫌じゃー離婚は嫌じゃー」と五つの顔でやかましく号泣していたが、「潔く書かんかい！」と無理強いすると、やがて泣く泣くそれにサインをした。口に筆を咥《くわ》えて、丸を書いただけだけど。

とはいえ、これで離婚成立というわけではない。

現世のあやかしや神の婚姻、離婚とは、人間界のように政府によって管理されているわけではないので、また別の格のある神様やあやかしに認めてもらわないといけない。

古い時代、酒呑童子《しゅてんどうじ》と茨木童子《いばらきどうじ》の場合は、貴船の高龗神《たかおかみのかみ》に認めてもらったっけ。

さあ、ここからが大事だ。

私と馨はこの離婚届と、花冠を抱えて、岩屋へと戻ったのだった。

岩屋では、江ノ島弁財天がぼんやりと煙管《キセル》を吹かし、やはり岩の社の上で寝そべっていた。

「やっと戻ってきたか、お前たち。離婚届をあのヤローに書かせたか？」

「ええ、弁天様。五頭龍はちゃんとサインしてくれたわ」

私は弁天様に、預かっていた離婚届を差し出す。

弁天様は、五頭龍がサインしたということに多少驚いたみたいで、離婚届を奪うように手に取ると、顔に近づけてまじまじと見ていた。

「それと、これ。この花冠は五頭龍からあなたへの、クリスマスプレゼントよ」

「クリスマスゥ？　現世の生ぬるいアベックたちのイベントか」

弁天様は、さすがに現世のリア充たちを見守ったり虐《いじ》めたりしているだけあり、クリスマスというイベントをご存じのようだ。

私と馨が抱えて差し出した花輪を受け取り、掲げたり裏っ返しにしたり。

「五頭龍はこの日までずっと、世界中の花々を探していたのよ？　岩屋の外には、花がぎっしり積み上げられていたの。でも本当は、結婚記念日にわだつみ草の花束をあなたに贈りたかったみたい」

「……わだつみ草？」

弁天様の表情がわずかに変わった。

もしかして、何かしら思い出のある花なんだろうか。

私は、五頭龍から聞いた話を、弁天様に話した。本当はわだつみ草を探していて、遠い海まで行ってしまい、でも一本しか見つからなくて、竜宮城でひとやすみしていたこと。

人魚達の相談事を聞いていて、疲れ切っていたせいで寝てしまい、結局結婚記念日をすっぽかしてしまったこと。

信じてほしい、と。

悪いと思っている、謝りたい、出てきてほしいと言っていたこと。

「この離婚届を書く時も、そりゃやかましく号泣してたぞ、あの五頭龍」

「ええ。龍って図体《ずうたい》は大きいのに、ほーんと涙もろいわよね」

「お、おい。五頭の悪口を言うな鬼め！　あいつの悪口を言っていいのはあたいだけだ！」

「……あら～」

弁天様が旦那《だんな》様の悪口を言われてプンプンに怒っている。

これはまだ、見込みがあるということだわ。

「ねえ、弁天様。本当にこのまま離婚しちゃってもいいの？　五頭龍、あなたがこの離婚届を受け取ったら、もう海の彼方に消えてしまうって言ってたわ」

「…………」

「まだ旦那様を愛しているのなら、素直になってお話しをしたほうがいいわ。あの龍がどこか遠くへ行こうと思ったら、あなたでも追いつけない。きっともう、二度と会えないわよ」

そして私は、ちょっとだけ自分の身の上を思い出しながら、悲しく笑った。

「大事な人が遠くへ行ってしまうのは、とても悲しいことよ」

「………」

弁天様は何を思ったのか、手にしていたその花冠をちょこんと自分の頭に載せ、

「ふん……ったく」

私たちの前を横切ると、ずいずいと岩屋を進み、沿岸まで出て行く。

そして静まりかえった海に向かって大声で叫んだ。

「五頭！　五頭、出てこーい！　このへたれヤロー！」

すると、海の彼方でちょこんと五つの頭を出して、こちらの様子を心配そうに窺ってい る五頭龍の姿が見えた。かつてこの界隈《かいわい》を恐怖に陥れた悪い妖怪《ようかい》とは思えない……

ゆるゆるとこちらまで泳いでやってきて、巨大な体を岩場に乗り上げる。背中には巨大な風呂敷《ふろしき》の包みを抱えていて、弁天様の神域から消え去る準備をしていたみたい。

そんな姿を見て、弁天様はわたわたと慌てる。

「お、お前さん、あちこち傷だらけじゃないか。いろいろな海を渡って花を探したって聞いたよ。全く、いつまでも若いと思って、無茶ばかりして」

「えっちゃん、すまない。結婚記念日をすっぽかしたわしを、許してくれるのか？」

「許す？　お前さんは悪いことを一つもしていないんだろう？　なら、許すも何もない。

あたいが勘違いしてたんだ。ごめんね、許しておくれ五頭」

「そんな、えっちゃんは何も悪くない！　悪いのは大事な日にえっちゃんの側にいられなかったわしじゃ！　本当に、寂《さみ》しく悲しい思いをさせてしまった……」

その言葉に、弁天様は瞳《ひとみ》をうるっと潤ませ、今まで見せたことのないような、柔らかな乙女の表情になる。そして五頭龍の五つの顔に手を伸ばし、順番に口付けていった。

形容しがたい、不思議な……光景……

「夫婦喧嘩《げんか》は犬も食わねえって本当だな」

馨が遠い目をしてぼそっと。

でもよくよく考えたら、それは私たちが言えた言葉じゃないわよ馨。

「これで、一件落着？　まあ、あとはあの二人次第ね」

私は持っていた離婚届を、真ん中からビリリと破った。

しかし江ノ島弁財天と五頭龍は、そのことに「えっ⁉」と驚いている。

「だってこれはもう必要ないでしょう？　あなたたちはまた夫婦やっていくんだから」

「いや……それは別にいいのだが……」

「天女と龍の離婚の書は、そう簡単には破れない。人間の娘がいとも簡単に破って見せたので、驚いたのだ」

「ああ、なるほど、言われてみれば……」

普通、格のある神様や、神格を持つあやかしにしかできない芸当だ。

要するに、私がこの人たちの離婚の届けを拒否した、という形になるわけか。

手を見ると、花冠を作った時にちょいちょい切ったみたいで、血が滲《にじ》んでいる。

でもそれは誰にも見せずに、拳《こぶし》を腰に当てて高笑いした。

「あっはは。そりゃあ私は、浅草最強の圧倒的ヒロイン。圧倒的鬼嫁だもの。力技ならなんだって可能よ、細かいことは気にしないっと」

「はあああああ。真紀さんがいよいよ神の為せる領域に足を踏み入れやがった。あああ、恐ろしや恐ろしや」

「馨、それがあんたの鬼嫁よ」

馨の切ないため息やツッコミも、いつもの調子で軽やかに躱《かわ》す。

「それにしても、随分とここで時間を食っちまったな」

「私たちも、そろそろ帰らなきゃ。ほらおもち、ヒトデさんにバイバイしなさい」

一つ目ヒトデと遊んでいたおもちを抱きかかえ、きょろきょろと出口を探す。

江ノ島弁財天と五頭龍は、もう私たちがここにいることも気にせずいちゃつきだしたので、我々はさっさと退散しようと思ったのだ。

「おい、真紀。こっちだ」

馨がすぐに出口を見つけた。崖《がけ》の割れ目に、小さな結界のほころびがあるみたいだ。

それをよいしょとこじ開け、まばゆい現世の光の中に出て行く。

江ノ島弁財天様と五頭龍の夫婦。喧嘩しながらも、末長くお幸せに。


「結局あやかし関係のごたごたに巻き込まれた、ゆっくりできないデートだったな」

「まあ、私たちらしいっちゃらしいわよ」

帰りがけに、ちょうど江の島の見える湘南《しょうなん》の海岸を散歩していた。

おもちがペタペタと海岸を歩いて、自分の足跡の形を楽しんでいる。

日の入りが綺麗《きれい》に見える絶景ポジションに到達。海岸のちょうどいいところで腰をおろし、私と馨は隣り合って、コンビニで買ったカフェオレと肉まんを食べる。

「日暮れ前に解決してよかったわねえ。こんなに綺麗な日の入りを見ることができたし」

「見ろ。ここから富士《ふじ》山も見えるんだな」

「江の島の地獄《じごく》穴は、あんなところまで続いているのねえ」

しばらくぼんやりと、濃いオレンジの夕焼け空と、静かなさざ波と、向こう側の富士山を見ていた。

温かな肉まんとカフェオレが、こんなにも美味《おい》しい。何気ない幸せの時間だ。

「あ、そうだ。すっかり忘れてたけど……実は私、馨にクリスマスプレゼントがあるの」

「何よそのおっかなびっくりな顔。別に変なものじゃないわよ」

馨が怯《おび》えている……でも私だって、今日のために頑張ったんだからね。

「はい！」

トートバッグからプレゼント用の包みを取り出し、ちょっと照れながら、でも勢いよく手渡す。よくよく考えたら、手作りのプレゼントなんて初めてかも。

　馨は真面目な顔をして慎重に袋を開ける。

「べ、別に、どんぐり爆弾が入ってるわけじゃないからっ！危険物じゃないから！」

「そんなこと考えてねーよ！ただ触った感じ柔らかそうだったから、海風に飛ばされないように……って。ん、これ、なんだ？」

馨はそれを袋から取り出し、掲げる。手触りの良い黒の毛糸で編んだもの。

「なんだと思う？」

「ベリーウォーマー……通称、腹巻き。あと……靴下っていうか、足袋《たび》」

「そう！そうよ、よくわかったわね。これから寒くなるし、あんたが風邪をひかないようにと思って。腹巻きって凄《すご》いのよ、お腹を温めると基礎代謝もアップするんですって。オシャレとか気にせず、服の中で気楽に使えるし、これで低体温の馨の体もあったかくなるはず！あと足袋も編んだから、足元もしっかり温めてねっ！」

「へ？お前が俺に？」

こちらが必要以上に、必死に説明するので、馨が思い切り噴き出した。

さらには顔を背けてクスクス笑う。

「定番の手編みマフラーや手編みセーターじゃなく、手編み腹巻きと……た、足袋とは。いかにも真紀さんらしい。いやでも、ありがてえよ。あったかそうだ」

「う、嬉《うれ》しい？」

「……最高にな。最近屋台のバイトが寒くて仕方ないから、腹巻き巻いて、足袋も履く」

馨のその切なげな微笑みに、なんだかきゅんと胸が締め付けられる。

「お前、そもそもよく編み物なんてできたな。すげえな」

「あら。私元々繕いものは得意よ。前世のうちに基本は出来るようになったからね。毛糸の編み物はクラスの女子たちの間で流行《はや》ってたから、私も友だちに本を借りて、独学で始めてみたの。そしたらハマっちゃって。おもちのセーターを編んでるついでに、あんたにも何か作ってあげようかなーって」

「……俺はついでか」

「冗談よ、冗談。あんたには日頃のお礼と、愛情を込めてね」

「…………」

するると、馨もまた自分のカバンをごそごそと探り、何かを取り出した。

四角くて、細長い箱……？

「なになに、馨も私にプレゼント⁉　ちょうだいちょうだい」

「チッ……遠慮のかけらもない現金なやつめ！」

手を伸ばす私からプレゼントを遠ざけつつ、「真紀、目を瞑《つむ》れ」と命じる。

言われた通り目を閉じると、馨は包みを自分で開けたみたいで、私の首元に腕を回して、何かしてる。ふわりと覆いかぶさる彼の温もりに、なんだかちょっとドキッとしてしまう。

「ほら。もう目を開けていいぞ」

ゆっくりと目を開け、何か違和感のあった首元に触れる。

繊細なチェーンの感触にハッとした。顔を下げてよくよく見ると、銀のチェーンの先端では、小粒の赤い石がキラリと瞬く。

「これ、もしかして……ルビーのネックレス？」

「もしかしなくとも、な。まあ、安物だし、お前があんまりこういうの欲しがらないのは知っているが……一つくらい、持っていたら便利かなと」

「も、もちろんよ！　無茶したんじゃない？　照れ屋のあんたが、こんな女の子らしいものをよく買えたわねえ」

「う。うん、まあ……由理についてきてもらって、なんとかな」

馨は苦笑いしつつ、視線を横に流す。

なるほど、由理ならそういうお店にも臆《おく》せず入れそうだものね。

「嬉しい。ずっと身につけていられるもの……うん、とても嬉しいわあ。私、ずっとつけているからね。寝るときも、お風呂入ってるときも！」

「いやいや、風呂の時はとっときなさい。錆《さ》びるぞ」

几帳面《きちょうめん》な馨が、包装紙を折りたたみ、箱を飾っていた赤いリボンをしまおうとした。

私はそんなリボンをじーっと見つめたあと、

「ち、ちょっと待って！」

慌てて馨が手にしていた装飾用のリボンを奪取し、たぐり寄せ、そのリボンのグシャッとなったところを指で引き伸ばしてから……自分の髪を結う。

「見て馨。リボン！」

「……お前」

「あんたから貰《もら》ったものは、一つ残らず宝物よ。千年前からね」

そして私は立ち上がり、くるっと回って、その度に目の前を横切る、ルビーのしとやかな煌《きら》めきと、ひらひらと閃《ひら》めくリボン、砂浜に伸びる影の動きを確かめた。

「ふふ、綺麗ねえ」

そして、子供みたいにはしゃぐ私を、馨はなんだか毒気を抜かれたような顔をして見ている。一方でおもちが、私の動きにつられて、側でくるくる回っている。

茜色《あかねいろ》の空が波間に反射する、どこまでも続く広い海に向かって叫びたいくらい、私は今、とても幸せ。

「キラキラしてんなあ……」

「ん？　海の話？」

「いいや。……さ。そろそろうちへ帰るか」

「ええ、そうね。帰りましょう、我が家に」

そして自然と笑いあい、手を取り合って、長い砂浜を歩く。

「今日は、雪なんか一つも降らなかったな。ホワイトクリスマスには程遠い」

「この時期にしては暖かくて、過ごしやすくてよかったわよお」

「……そうだな。そっちのほうがいいな」

なんて、ロマンチックなものより、過ごしやすさを尊んだりして。

相変わらず、高校生らしくないわねえ、私たち。

並ぶ黒い三つの影法師を、大事な家族の、いつかの思い出として目に焼き付けながら、
私たちは家路に着いたのだった。

《裏》若葉、いまだ兄を知らない。

それは、時々見る夢。

私、継見《つぐみ》若葉《わかば》は、植物と鏡の世界を延々と彷徨《さまよ》う〝悪夢〟を見ることがあった。

「お兄ちゃん、お兄ちゃん！　助けて、お兄ちゃん」

何かが鏡の中から、私を見張っている。

それが怖くて泣き叫ぶと、夢の中ですら、お兄ちゃんが助けに来てくれた。

「今、鏡の中から、若葉に手招きするひとがいたの。たくさん、たくさん、手招きして、若葉を、連れて行こうとした。ねえ、どうしていつも、若葉はこんな目にあうの？」

「大丈夫。僕が来たから、大丈夫だよ若葉。そいつは、二度と若葉に悪さできない。でも本当はね、彼も、若葉と遊びたかっただけなんだ」

「……遊びたい？　彼？　これは、いったいなんなの？」

日頃から、いつもいつも〝見えそうで見えないもの〟への恐怖に怯え、お兄ちゃんに縋《すが》った。お兄ちゃんだけが、私のその話を理解し、受け止めてくれたから。

でも、お兄ちゃんはそれがなんなのか、夢のなかですら教えてはくれない。

「若葉は、これらが怖いかい？　そりゃあそうだよね。よくわからないもの、見えそうで見えないもの、正体がわからないものが、一番怖い。それなら最初から、存在すら感じられない方が……よかったよね」


カプ。カプカプカプカプ。

お兄ちゃんと私の一幕が、端っこからパズルのピースの形で砕け、齧《かじ》られる音と共に一つ一つ消えていく。

私の夢を食べるのは、だあれ？

○

お兄ちゃんはこんなクリスマスの朝も、お父さんの書斎で本を読んでいた。

窓辺で本を読むお兄ちゃんの佇《たたず》まいは、いつもながら洗練されている。

「おはよーお兄ちゃん。何を読んでるの？」

お兄ちゃんはすぐに、扉から顔を出す私に気がつき、柔らかな笑顔を作る。

「おはよう若葉。これは、シェイクスピアのハムレットだよ。ふと読みたくなって」

読んでいる本が、海外の古典文学ってのもお兄ちゃんらしい。

窓辺から陽光を集める水晶のサンキャッチャーが、お兄ちゃんの顔にキラキラした光を落とすせいで、やはりその笑顔はいっそう儚《はかな》く、消えてしまいそうなものに思えた。

「それにしても若葉。休日だからって、少し寝坊しすぎじゃないかい？」

「だって、今日はお兄ちゃんが起こしてくれなかったから……」

「困ったな。昨日、若葉に『明日は起こさなくていい』って言われた気がするんだけどな」

「あ。そうだった──」

そうそう。私は昨日、夜遅くまで起きてやる作業があった。

それともう一つ、お部屋にある〝隠し事〟があったから。

「どうしたんだい、若葉」

私がもぞもぞとしていると、お兄ちゃんがそれに気がついて首を傾げた。

「いいものをあげる。クリスマスプレゼント！」

私は小さな包みをジャーンと差し出す。

お兄ちゃんはその包みを受け取り、丁寧に開けて、わずかに目を見開く。

細長い和紙に青い花を閉じ込めた、しおりだ。金属の枠に入れて仕上げた、私の自信作。

「これ……本に挟むしおりだね。この押し花は……忘れな草？」

コクンと頷《うなず》くと、お兄ちゃんは顔を背けてクスクスと笑う。

「どうりで書斎の分厚い本が無くなっていたはずだ。若葉が持って行ってたんだね」

「だって、重い本が無いと、綺麗《きれい》な押し花を作れないでしょう？」

「ふふ、ありがとう。凄《すご》いね、綺麗にできている。でもどうして〝忘れな草〟なの？」

「……なんだかお兄ちゃんっぽい花だなって。ずっとそう思ってたから」

「あはは。そうかなあ」

お兄ちゃんは笑っていたが、今度は私の頭を撫《な》でて、改めて「ありがとう」と言った。

その言葉、声が、乱れない水面《みなも》に落とされた一雫《ひとしずく》のように、私の心に広がっていく。

やっぱりお兄ちゃんの声って、不思議。

「僕も若葉に、クリスマスプレゼントがあるよ」

「今年は何のジグソーパズル？」

「うーん……毎年パズルを贈っていると、これといってサプライズ感がないね」

お兄ちゃんは毎年、クリスマスには名画のジグソーパズルを贈ってくれる。

最初は、体が弱くてあまり外に出られなかった私の暇つぶしのためだった。今では、私の趣味の一つだけれど。

お兄ちゃんが私に手渡してくれたのは、綺麗な包装紙でラッピングされた、四角い箱。

私はその包装紙のテープを丁寧にはがして、中の箱を取り出した。ジグソーパズルの箱。

「今年はね、オフィーリアだよ」

「わあ、やったーっ！　前に展覧会で見てからずっと欲しかったの。この絵画、大好き」

それは、ジョン・エヴァレット・ミレイ作『オフィーリア』。

シェイクスピアの戯曲『ハムレット』に登場する、若き貴婦人を描いた、有名な絵画だ。

小川に浮かぶ若い女性と、水面をたゆたう花々が、神々しくも儚く、美しい。

その一つ一つの花々には意味があると、以前行った展覧会の説明書きにあった気がする。

「若葉。この絵画に描かれた花、なんだか分かる？」

お兄ちゃんが、ジグソーパズルの箱に描かれた絵画を私に向けて、問いかけた。

「えっと……まずはオフィーリアが、花冠をかけるために登った柳、でしょう。オフィーリアはこの柳が折れたせいで、川に落ちて死んじゃうんだよね。川に浮かんでるのは、ヒナギクと、スミレとパンジー？　あとケシの花と、バラも。他にも色々あるけれど……」

「オフィーリアを囲む花は、死や、悲しみや、叶《かな》わぬ思いを暗示させる花言葉を持つものが多いね。でも、若葉……一番手前に咲く花はなんだと思う？」

「……あ。忘れな草」

「そう。流石だね。若葉はさっき、忘れな草を僕みたいって言ったけど……僕もね、若葉みたいだなあと思っている花が、この絵画の中にあるよ。分かる？」

「うーん、バラ？」

「バラは……どっちかというと真紀ちゃんのイメージかなあ」

「でも真紀ちゃんは、この絵画に描かれている薄いピンクのバラっていうより、大輪の真っ赤なバラって感じ。うちのサンルームに咲いてるような」

「あはは。確かにそうだね」

そしてお兄ちゃんは、オフィーリアの絵画に描かれた、白い花を指差す。

「僕が若葉みたいだなと思う花は、このヒナギクだ。花言葉は……」

「無垢《むく》、無邪気、ね。もう、お兄ちゃんったら私のこと、小さな子供みたいに思ってる？」

思わずお兄ちゃんの腕をぽかぽか叩《たた》く。

「あはは。ごめんごめん。でも僕はやっぱり、ヒナギクを見ると若葉を思い出すなあ」

「まあ……ヒナギク好きだし、別にいいけど」

ヒナギクかあ。

お兄ちゃんが私みたいって言うのなら、もっと好きな花になりそう。

「ん？」

そんな時、だった。ちょうどこの書斎の上の部屋から、ゴトゴトンと何かが倒れるような音がして、私もお兄ちゃんも顔をあげる。

私はその物音の正体を知っていて、だからこそ青ざめた。

「なんだろう、今の音。この上って、若葉の部屋だよね」

「だ……っ、大丈夫！　多分、積み上げていた本が雪崩れたんだと思う」

「若葉、掃除が苦手なのは知ってるけど、部屋は綺麗にしといたほうがいいよ。やりかけのパズルのピースとか、あちこち散らばってるし。無くしてしまうよ」

　こんな風に、お母さんみたいなことを言って私を嗜《たしな》める、お兄ちゃん。

　これ以上、このことを追及されないように、私は話題を変えた。

「そ……、そうだ。お兄ちゃん、もうすぐ真紀ちゃんたちがうちに来るんだっけ？」

「うん。空いた広間でクリスマスパーティーするんだ。ほら、クリスマスツリーを置いているあの部屋。少しうるさいかもしれないけど、ごめんね。若葉も参加する？」

「い、いや、いいよ。私このパズルも、早く組み立てたいし」

　お兄ちゃんには幼稚園来の親友がいる。茨木真紀ちゃんと、天酒《あまさけ》馨さんだ。

　小さな頃から三人組で遊んでいるのを見てきたし、私もよく顔を合わせる。

　真紀ちゃんも馨さんも、とてもいい人。

　でもなんか、どこか……変なんだよね。

「ねえねえ。今更なんだけど、真紀ちゃんと馨さんって付き合ってるの？」

「え？　うーん、それも何だかしっくりこないけど、一般的にはそうなのかなあ」

「お兄ちゃんだけ、仲間外れなの？」

「あはは、いや、もともと僕たちの関係は、あの二人と、僕というか。でも僕はね、あの二人にはずっと一緒にいてほしいから、見守っていられるだけで、幸せなんだ」

……わからない。お兄ちゃんと、真紀ちゃんと馨さんの関係って、本当に謎だ。

「若葉、どうかした？」

「ううん！　これ、ありがとう」

私はジグソーパズルの箱を抱えたまま書斎を出て、階段を駆け上って自室に戻った。

「……やっぱり」

部屋はぐちゃぐちゃで、押し花を作るために使った本が散らばっている。

さらには、ベッドの上には丸まった〝何か〟がいる。

毛並みが真ん中でぱっくりと白黒に分かれた、鼻先が長い、小さな獣。

モノクロの、何か。

「ベッドの下から出てきちゃダメだって言ったでしょ。お兄ちゃんに見つかったら、絶対に追い出されちゃうよ。お兄ちゃんは〝見える人〟なんだから」

「バークバーク～」

奇妙な鳴き声だが、これも聞こえる人にしか聞こえないもの。

いったい何なのだろう。私もよくわからない。

「もしかして、お腹がすいたの？　ちょっと待って、後でクリスマスのチキン持ってきてあげる。今はこれで我慢して」

「バーク〜？」

うちのお宿が取り扱っているお土産の、賞味期限が切れそうなおまんじゅうを、この子にあげた。この子はつぶらな瞳《ひとみ》をぱちくりとさせ、おまんじゅうに鼻を近づけすんすんと匂いを嗅《か》ぐ。そして、むしゃむしゃと食べ始めた。

「……変なの。でも、かわいい」

二日前の夕方、浅草駅の界隈《かいわい》でお買い物をして帰ってきたあと、この変な獣がサンルームで倒れているのを見つけた。この子は身体中傷だらけだったけれど、私の育てていた花を食べて寝ていたみたい。

私はこの獣がなんなのかわからないけれど、これが、ただの動物ではないことだけは、何となくわかっている。

今までだって〝見えそうで見えなかったもの〟の存在には気がついていたもの。

「何かがいるんだろうなって気配は、ずっとあったの。影だけが見えたり、ぼんやりとシルエットだけが浮かんでいたり……見えていても、人間じゃないって分かったり」

目の前の、小さな白黒の獣の背中を撫でながら、私はぽつぽつと語る。

これはきっと、お兄ちゃんが理解して見ていたもの。

時々、お兄ちゃんは何もない場所を見つめ、何もない場所に向かって何かを呟《つぶや》いたり、微笑んだりしていた。

器用な人だから、他人に不審がられないよう、気をつけながら。

「でもまだ、わからないことばかりだね」

私、実はもう一つ、気がついていることがあるの。

お兄ちゃんは、きっと私が何も覚えていないと思っているよね。

「だけど、お兄ちゃんが、ある時から変わったってことを、私は覚えているの……」

それは、もうずっと昔のこと。

私は2歳の頃まで、4歳年上の兄によくいじめられていた。

叩かれたり、髪を引っ張られたり、抓《つね》られたり。両親はそれを叱ったけれど、兄は多分、妹の私に両親がとられたと思って嫉妬《しっと》をしていたのだろう。私はそんな兄を怖がっていた。

だけど、兄はある瞬間から人が変わったように、優しく穏やかな性格になる。

両親の前でだけは時々わがままを言っていたけれど、今思えばあれは、急に変わった人格を悟られないよう、わざとやっていたのではないかと思う。小学生になった頃には、今とそう変わらない、大人びた子供になっていた。

そう。お兄ちゃんは変わった。まるで、中身がごっそりと、入れ替わったかのように。

でも、別にそれは、どうでもいいの。

私は今のお兄ちゃんが、とてもとても好きなんだから。

どこへ行くにしても、優しいあの人にくっついていた。忙しい両親の代わりに、お兄ちゃんがたくさん、私の面倒を見てくれたから。

勉強でも、お稽古《けいこ》でも、なんでも完璧《かんぺき》にこなす、優れた兄だ。

両親もそんな長男を、誇りに思っているだろう。たとえ、ある瞬間から我が子が変わってしまったことに、気がつかなかった父と母でも。

でも、それでいいじゃない。私たちもお兄ちゃんが大好きなんだから。

お兄ちゃんも、私たち家族に愛されようと努力していた。

家にいるのに、いつも気を張ってまで……

「でもね、お兄ちゃんが気を抜いている時があるの。真紀ちゃんと馨さんといる時だよ」

それはお兄ちゃんの、幼馴染《おさななじみ》の二人。

一人は真紀ちゃん。真紀ちゃんは優しくて元気で、ちょっとおばさんくさい口調の美少女で、おまけに凄く力持ち。

以前、夏のバーベキューでお母さんが開けられなかった瓶の蓋《ふた》を、軽々開けたのを見たことがある。お兄ちゃんが「真紀ちゃんの腕力はゴリラ並み」って言ってた。

二人目は、馨さん。馨さんは背が高くて顔も凄くかっこいいけど、中身は人生に疲れたおじさんみたい。

いつも真紀ちゃんにあれこれ言っているけれど、私は知ってる。

馨さんはなんだかんだと言って、真紀ちゃんにゾッコンだ。一緒に行った夏の川遊びで真紀ちゃんの水着姿をガン見してたのには笑った。

お兄ちゃんがあの二人といつも一緒にいて、あの二人にだけ気を許している理由は、分かっている。

「あの二人は、多分、見えている人たちなんだよ。だって真紀ちゃん、前に隅田《すみだ》川《がわ》で、人間じゃない女の人と一緒にいた。だから、お兄ちゃんは見えていない家族といるより、あの人たちと一緒にいる方が、安心できるんだよね」

でもね、お兄ちゃん。あの人たちにも、隠していることがあるでしょう？

多分、私だけが気がついている。お兄ちゃんは……

兄、継見由理《ゆり》彦《ひこ》は、人間ですらない。

お兄ちゃんは確かにあの瞬間、本当の継見由理彦になり代わった、何かだ。

「あっ、ダメだよ！　忘れな草は〝お兄ちゃん〟なんだから！」

「バーク～」

ベッドの背もたれに飾っていた、小瓶にさした忘れな草の水色の花。

それを黒白獣が食べようとしていたので、すぐに阻止する。

この子、花が好物なのかな。

「待ってて。食べていい花を摘んでくるから。この部屋から出ちゃダメだよ」

私は部屋を出て、我が家のサンルームへと向かった。

チック、タック……

今日はやけに、廊下の古い時計の針の音が響いて聞こえる。

廊下に飾られている、いくつもの名画のパズルが、少しずつ動いて見える。

あちこちの空き部屋に、何かがいる気配がある。

気のせいだけれど、きっと気のせいじゃない。

ちらりと目線を移した襖《ふすま》に、異形の影がちらつく。骨董《こっとう》の品が並ぶ古い畳の間を抜けて、庭園に後から造った大きなサンルームへと向かう。

「……え？」

そこに、見知らぬ人がいた。

いや、人ではない。人間じゃない。

紐《ひも》タイを締めた古めかしい黒スーツを纏《まと》う、短い銀髪の青年。人の姿をしていても、冷たい美貌《びぼう》の、人ならざるものの空気というのが、私にはわかる。

そのひとは赤いバラに触れ、どこか物憂げだったけれど、私に気がつくと冷たく鋭い視線をこちらに向ける。彼の額からは、角が一本だけ、斜めに伸びていた。

瞳の色も、左右で違う。なんて綺麗《きれい》な、金と紫……

「あなた、誰？」

私は一度ごくりと生唾《なまつば》を飲んで、尋ねてみた。

「オレが怖くないのか」

「よくわからない。昔は怖かったけれど……でも、人間じゃないものを怖がることは、お兄ちゃんを否定するような気がする」

「はっ。化けの天才と言えど、妹には正体がバレているのか。傑作だな」

そのひとは前髪をかきあげ、皮肉に笑う。

「京都では、オレの目の前で完璧に茨姫《いばらひめ》に化けてみせたくせに。くそっ、忌々しい鵺《ぬえ》め」

「ぬえ？　お兄ちゃんは、ぬえっていうの？」

「ほお、聞き逃さず察するか。見た目のわりに、利発そうな娘だな」

「ねえ、あなたはお兄ちゃんのことを知っているの？　お兄ちゃんが何者なのか！」

私は思わず、大声を出して駆け寄った。

そのひとは私の行動に驚き、「静かにしろ」と口元に人差指を添える。

「鵺に気がつかれては厄介だ。せっかく奴に悟られぬよう、時間をかけて気配を断ち、ここまで忍び込んだというのに……」

そして少々、複雑な表情を見せ、小声で問う。

「貴様、兄の秘密が知りたいのか？」

それは、私が何より欲した問いかけだったのかもしれない。

知りたい？　そうか、私は知りたいのだ。

お兄ちゃんが何者なのか。お兄ちゃんの、本当のことが。

だって何も知らないんだもの。ずっと、一緒に過ごしてきたのに。

大好きなのに。家族なのに。一番の理解者でありたいのに。

「知りたい。お兄ちゃんの正体が知りたい。時々思うの。誰も本当のお兄ちゃんを知らないなんて……お兄ちゃんは、きっと寂《さみ》しいんじゃないかなって」

私はそれを、口に出して言ってしまった。

それが何を意味するのか、この時は一つも知らずに。

銀髪の青年は、見逃してしまいそうなほど、小さくほくそ笑む。

「ならば良し。オレがお前に、兄の正体を知るきっかけを作ってやろう。その代わり、お前にはここで拾ったものの世話を、しばらく頼みたい。あれは異国のあやかし〝獏《ばく》〟という」

「あやかし？　……ばく？」

「お前が兄を知りたいと願えば、かならず〝獏〟は応《こた》えてくれる。ただし、気をつけろ。獏は常に腹を空《す》かせている。今は花に宿ったお前の霊力を喰《く》らっているようだが、そろそろ〝夢〟を喰らうだろう。心まで喰い尽くされないようにするんだな」

そのひとはそう言うと、何かを感じ取ったのか、ふと顔を上げた。

「ふん。……騒々しい奴らが、やってきたな」

そして無断で赤いバラを一本摘み取り、このサンルームを出て行く。

何者だったんだろう？　よく考えたら不法侵入だよね。

綺麗に咲いていた大輪の赤いバラ、摘み取られちゃった。

茨《いばら》の刺《とげ》が手を傷つけなかっただろうか。

「何だったっけ……花言葉」


赤いバラ。

花言葉は、そう、情熱。

第四話　化け猫と寒椿（上）

「茨姫様《いばらひめ》。僕、クリスマスは大事なひとにプレゼントを贈る日って聞いたので、スイと一緒にケーキを焼いたんです。その勇猛な胃袋にお納め下さい」

眷属《けんぞく》の八咫烏《やたがらす》・ミカが私の前で仰々しく頭を下げ、貢ぎ物のようにケーキを差し出す。

「まー。これミカが作ったの？　すごいじゃない、立派なチョコレートケーキ！」

「いや、違うんだよ真紀《まき》ちゃん。これはチョコレートケーキっていうか、焦げたベイクドチーズケーキっていうか……」

隣でスイが冷や汗だらだらで説明する。こんな真冬だっていうのに。

「ミカ君が珍しく料理するっていうから、厨房《ちゅうぼう》貸してやってさ。でもあんまり危なっかしいから俺が手伝ってやったわけ。それでも最後にやらかしちゃったんだから！」

「え、ええいうるさい！　スイが隣でぐちぐちうるさいから！　死ねっ！」

いつものごとく喧嘩《けんか》を始めてしまった兄眷属のスイと、弟眷属のミカ。

せっかく一緒にケーキ作りだなんて、仲良くしているのだなと嬉《うれ》しくなったのに。

「おい、お前たち人様の家で暴れんなよな」

そんな二人の取っ組み合いに、この家のものが壊されないかとハラハラしている馨《かおる》。ここ、由理《ゆり》のお家《うち》の広間だからね。

和室の隅っこの大きなクリスマスツリーが、不釣り合いなのに妙な存在感がある。

「まあまあ、二人とも。焦げたベイクドチーズケーキって言っても、焦げたところをとればきっと美味《おい》しいわ。ま、私は焦げたところも食べるけどねえ。勇猛果敢で、わがままでいたずらな胃袋しているから」

そうして慣れた手さばきでケーキを切り分け、私はその一ピースを手づかみで食べる。

「んーっ、びっくり！　美味しいわよミカ。ちょっと苦味があるけど、これはこれで香ばしくて私は好きだわ。表面が茶色なだけで、中身はちゃんとチーズケーキよ。偉いわねえ、頑張ったわねえ、ミカ」

かわいい我が眷属の愛をペロッといただき、そのお返しにたっぷり褒めて、ぎゅっと抱きしめてあげる。するとミカは私に身を委《ゆだ》ね、感激のあまりおいおい泣くのだった。

ついでにおもちも、大好きなミカにぎゅっとする。

「なんでだよっ⁉　なんでミカ君ばっかり‼」

ここで悲鳴じみた声をあげたのはスイ。

「入れ忘れてたレモン果汁こっそり加えてやったのも俺だし、後片付けしたのも俺だし、ドンキでケーキの箱とか紙皿とか買ってきてやったのも俺！　俺だったのにさあ！　真紀ちゃんは紙皿もフォークも使わずに手づかみだしさあ！」

「まあまあ、年下に嫉妬《しっと》するなよおっさん。お前の苦労は俺が労《ねぎら》ってやるから」

「実はミカ君の方が年上なんですけどそこんとこどうなの⁉　ていうかなんで主《あるじ》の旦那《だんな》さんに慰められてるわけ⁉　屈辱だ〜〜っ！」

馨に肩ポンされたスイが、畳の床に拳《こぶし》を叩《たた》きつけている。

「スイ。スイもありがとうね。ミカの挑戦に手を貸してくれて。これってもう立派なお兄さんよ。味は美味しいベイクドチーズケーキだったし、スイがちゃんと見ていてくれたのが伝わってきたわ。さ、私の胸においで。クリスマスハグをプレゼントするわ」

「あー……」

スイが両手を広げてふらふら寄ってきたのを、馨が着物の帯を掴《つか》んで止める。

「なんで止めるんだよ馨君！」

「ミカはいいけどお前は嫌だ。なんか……いやらしさと下心を感じる」

「ふざけんなよ〜離せよスカポンタン！　俺の忠愛をナメてんのかよ！　痛い目みせてやっぞ〜コラ〜ッ！」

「ちょっとスイ。キャラ変わってるわよ。大丈夫？」

お酒を飲んでる訳でもないのに、すっかり出来上がっている感じのスイ。

「みんなー、うちの料理人が作ったチキンの丸焼き、持ってきたよー」

由理が、つぐみ館で振舞うという美味しそうなチキンの丸焼きをここに運んできた。

「うわああっ！　出来たて焼きたてのチキン！　絶対美味しい‼」

「丸焼きなんて豪華だなあー」

私たちが感動していると、後ろから由理のおばさんが顔を出し「みんな楽しそうねえ」と目を輝かせている。

「おばさん、こんにちは！」

「毎年大きなお部屋を貸してもらって……すみません」

私と馨がおばさんに挨拶《あいさつ》をする。

「真紀ちゃん、馨君、こんにちは。お肉だけなのも飽きるかなーって思って、サラダも作ったの。フルーツとハーブのサラダ。よかったら食べて」

「わあ、ありがとうおばさん！　とっても美味しそう～」

キラキラしたフルーツが盛りだくさんな、おしゃれなハーブサラダ。由理のお家にある大きなサンルームで育てたハーブと、新鮮なフルーツで作ったんですって。

「こんにちはつぐみ館の女将《おかみ》さん。本日はお招きありがとうございます」

さっきまで子供みたいにごねていたスイが、すかさず大人の紳士らしい挨拶をする。

「ふふ、浅草《あさくさ》の名薬師のスイ先生には、若葉《わかば》が小さな頃にお世話になっていますから。ゆっくりなさっていってくださいね。ところでこちらは？　初めてお見かけしますね」

「あ……あの、僕」

ミカがもじもじしていたので、スイがミカの頭をぐっと下げさせて、「こっちはうちの住み込みアルバイトです。実は親戚《しんせき》の甥《おい》っ子で」と。

人間のお客様相手には、ミカのことをそのように説明しているらしい。

「今年も賑《にぎ》やかで、由理彦《ゆりひこ》さんも楽しそうでいいわね。お父さんも、後で何か差し入れを持ってきたいって言っていたわよ。今日お父さんサンタの格好してるから。差し入れは何がいいかしら～」

おばさんが去り際にコロコロ笑うのを、由理が廊下に顔を出して「や、やめてよ母さん。家族総出で。なんか恥ずかしいよ」と声をかけている。

「いいじゃない由理。いつも仲良しね」

「真紀ちゃん、他人事《ひとごと》だと思って」

「そんなことないわよ。おばさん、いつもお上品で綺麗《きれい》で、私たちみたいな〝よくわからない〟謎のメンツが揃っても、変な顔一つしないで受け入れてくれて。優しくって、大好き。おじさんにも早く会いたいなあ、ダンディーなのにお茶目で面白いもの、おじさん」

私がそう言うと、由理はどこか照れ臭そうに頬を掻《か》いた。

大好きな自慢の家族だ。褒められると、恥ずかしかったり嬉しかったりするのだろう。

「お邪魔しまーす」

ちょうどその時、獣道《けものみち》姉弟がピザとノンアルコールのシャンパン、そしてクリスマスツリーの飾りをたくさん持ってやってきた。

「あね様が可愛いもの好きのせいで、我が家のクリスマスツリーは一本しかないのに、オーナメントだけたくさんあるんじゃ〜。使って欲しいんじゃ〜」

「いざ、ちゃっちゃと飾り付けましょう！　さあお頭もご一緒に」

「そうじゃ〜、お頭も働くんじゃ、立って立って」

あね様の熊《くま》ちゃんが大きな風呂敷《ふろしき》を広げてツリーの飾りを披露し、弟の虎《とら》ちゃんが、お頭こと馨を引っ張って立たせる。

「ったく、俺はいつも働いてるっつーの」

馨はぶちぶち言いつつも、派手でお祭り好きな元部下たちの願いを受け入れ、ツリーの飾り付けを開始する。

「んー、おもちたんこれがいいの？　いいよ〜、ツリーに引っ掛けてあげるからねえ」

「スイきもちわるい死ね」

スイとミカも、おもちが「ぺひょ」と差し出したオーナメントを、デレデレしながらツリーに飾ってあげている。

「ふふ。馨君も、元部下のあの二人には弱いね。ミカ君と水連《すいれん》さんも、おもちちゃんに夢中だし」

「みんな仲良しなのはいいことだわ」

私と由理は、ちゃっかり飾り付けを彼らに任せつつ、ほっこりと温かい緑茶を飲む。

ほのぼのとした時間だからこそ、皆がまたこうやって集い、賑やかにしていることが、夢のように幸せだったりする。

こういう時間が、これからもずっと続けばいいな……

「そうだ由理。この前、隅田川《すみだがわ》のところで若葉ちゃんと会ったわよ」

「若葉と？」

「ちょうど終業式の日よ。駅ビルのお店で、色々と買い物をしているようだったわね」

すると由理が「ああ」と何かに思い至り、クスッと笑う。

「多分、材料を揃えていたんだと思う」

「何の？」

「押し花のしおりを作るための」

由理はどこか嬉しそうに、隅のタンスの上に置いていた文庫本を持ってきて、その途中に挟んでいた押し花のしおりを見せてくれた。

「わあ、綺麗。忘れな草ね！」

忘れな草。青く素朴な花が、由理にぴったりだと思う。

細長い和紙に押し花を閉じ込め、金属の枠にはめ込んで作っているらしい。手作りとは思えない、立派な仕上がりだ。

「ほー。器用なもんじゃなあー。これは鵺《ぬえ》様の妹君が？」

「ええ。妹の若葉は園芸が趣味で、よく自分の育てた花を押し花にしているんです」

「今時、押し花のしおりとは。古風で趣がありますね」

虎ちゃんと熊ちゃんが、興味深そうにそのしおりを覗《のぞ》き込んでいる。

「嬉しそうだな、由理」

「そりゃあ、大事な妹に貰《もら》ったものだからね。馨君は〝例のアレ〟を無事に渡せた？」

「あっ、てめ。しーっ！」

ツリーを飾り付ける手を止め、馨が慌てて振り返る。

「あのねあのねー、昨日馨がねー」

「ああああああっ、やめろおおおおおお‼」

私が昨日の江の島デートでもらったルビーのネックレスをみんなに自慢しようとすると、照れ屋な馨が私の口をバッと後ろから押さえ込んで阻止してくる。

スイは「キーッ、そんな若い恋人みたいなものを！」とハンカチを噛《か》み、ミカは何のことか分かっておらず、おもちは今もツリーのキラキラした飾りに夢中。

熊ちゃんと虎ちゃんは、にんまりとした同じ笑顔で、私たちを見守っていた。

「あ、組長から電話だわ」

そんな時、浅草地下街の大和《やまと》組長から電話がかかる。

「なんで大和さん？」

「きっと……津場木茜《つばきあかね》のことよ。あいつ、今謹慎中だって聞いてたから」

京都では散々お世話になった。というか、迷惑をかけた。

私たちが浅草に戻れたのは、津場木茜があの時、盾になってくれたからかもしれないのに、あいつはそのせいで陰陽局《おんみょうきょく》に謹慎をくらって、何もできずにいるのよね。

私は一度和室を出て、廊下で組長の電話に出た。

用件はやはり、津場木家への訪問の件。手短に、津場木家への行き方、注意すべきことなどを説明してくれる。

『俺もついていきたいところだが、大晦日《おおみそか》の前日ってこともあって、浅草は少々慌ただしい。何か気がかりがあれば、すぐに連絡をよこせ。……ったく、津場木家へ行こうだなんて、頭いてーこと考えやがって』

「あはは。ごめんなさい組長。でも、どうしてもあの子に言いたいことがあって」

『理解している。お前はハチャメチャだが律儀な奴だからな。まあ、気をつけるにこしたことはねえ。お前と天酒《あまさけ》なら、大丈夫だとは思うがな』

「うん、うん。ありがとう組長。組長も年末の大仕事で体壊さないようにね。浅草の大晦日はとんでもなく人とあやかしが集まるから」

『あー、今から胃がいてえ……』

組長はしきりに私たちを心配していたが、私もまた組長のこれからを慮《おもんぱか》る。

きっと、大晦日から三が日にかけて、とてつもなく大変なんだろうなって……

「真紀ちゃん、電話終わった？」

「あ、由理」

ちょうど電話を切り終わった時、由理が和室から出てきた。

なんと彼の腕には、サンタカラーのポンチョと帽子を身につけたラブリーなおもちが！

「わあああ、なにこれなにこれ！　かわゆい〜〜っ！」

赤と白の定番のコスチュームだが、ペン雛《ひな》のモコモコ感と相まって破壊力バツグン。

これはもう可愛さの暴力だわ！

「ふふ。熊童子《くまどうじ》さんがぬいぐるみ用のものを持ってきてくれたんだ。おもちちゃんにって。かわいいから真紀ちゃんに見せに来たんだ」

「癒《いや》されるわ〜。おもちも親戚のみんなに可愛がられてる赤ちゃんみたい。いいわね〜」

ほっぺをツンツンすると、おもちは片羽を上げて「ぺひょっ」と得意げなお返事。

「あ、そうそう由理……さっき、若葉ちゃんに会った時の話をしたじゃない？」

「え？　うん。どうかした？」

「ちょっと……気になることを若葉ちゃんが言っていたの。若葉ちゃん、私に〝お兄ちゃんは何なのかな〟って聞いたのよ」

「…………」

「これ、どういう意味かしら。まさか由理、元あやかしだってバレるようなヘマしてないわよ……ね……」

由理は、私が見た限り、いつにない驚きの顔をしていた。

その表情は、由理らしくない血の気の引いた蒼白《そうはく》なもので……

「ちょっと由理？　大丈夫？　まさか」

「いや。多分、真紀ちゃんの心配は当たってないよ」

「で、でも。あんた顔、真っ青よ」

「……ごめん、大丈夫。でも、そうか」

由理は一人で何かを納得して、顔を伏せて小さく笑った。

そして、

「ねえ。真紀ちゃんには、僕が何に見える？」

古い屋敷の静かな廊下で、彼もまた、私に問う。

その表情、声に、私はヒヤリと背筋が冷たくなるのを感じた。

由理……？

「おい、何してんだお前たち。そろそろチキン食いたいって、虎が」

馨が襖《ふすま》を開けて、私たちを呼ぶ。

「真紀ちゃん、中に入ろう」

「え、ええ」

私は小刻みに頷《うなず》いた。ふと抱いた疑問、予感に、胸をざわつかせて。

「えええええっ!! 津場木家ぇっ⁉」

さて。さっき私が組長と話をした内容について、チキンを貪《むさぼ》りながら話してみると、誰もが素っ頓狂《とんきょう》な声を上げた。

「津場木家ってあの⁉ あの、泣くあやかしも黙る退魔一門の津場木家に、わざわざ出向くのでございますか、奥方様！」

と、まず熊ちゃん。

「なんてことじゃーっ！ 何人のあやかしたちがあの悪魔たちに葬られたことか。恐ろしいんじゃー、なんまいだーなんまいだー」

と、念仏を唱える虎ちゃん。

「やめときな真紀ちゃん！ 津場木家は俺のお得意先でもあるけれど、色々と一筋縄じゃいかない一族だ。それでなくても真紀ちゃん、あちこちの退魔一門に目をつけられてるのに」

「へー、そうなのスイ？」

「そうなの！　俺だって客に聞かれることがある。茨木童子《いばらきどうじ》の生まれかわりってどんな子か、情報を売って欲しいって。その度に『死にたくなければ台東《たいとう》区から出て行けー』って脅してるけど……。津場木家の連中だって、何を考えているのやら」

スイも自分のお得意様だというのに、私が津場木家へ行くのは反対のようだ。

まあ、彼らの心配も分からなくはない。ここにいる誰もが、古い時代の退魔師たちによって苦しめられ、大事な国を滅ぼされたのだから。

「でもね、私と馨は、京都で津場木茜に助けてもらったの。大事な時に、私たちが離れ離れにならないようにしてくれた。たとえ人間でも、憎むべき退魔師でも、その事実は変えられないのだから、筋は通さなきゃ」

「……そうだな。あいつがいなければ、俺たちはあの後、大事なことを確認し合うことすらできずにいただろうからな」

馨も、私と同じ意見のようだ。元眷属《けんぞく》たちはやはり心配な表情をしていたが、由理だけは「いいんじゃないかな」と最初に肯定してくれる。

「真紀ちゃんと馨君が、それほど感謝を抱くことも珍しいし」

「ちょっとそれどういうことよ由理」

「まるで俺たちが恩知らずみたいな」

「いや、退魔師っていう最も憎むべき人間に対して、ね。敵と思っていた人間のことを知って、分かり合おうとするのは、大事なことだ。後々何かを変えていく、大きなきっかけ……選択肢の一つになる」

後々何かを変える、選択肢の、一つ。

由理のその言葉が、なんだか私の胸に深く突き刺さる。

「……お前がまさに、そういう奴だったもんな」

馨が言うように、かつての鵺は人として生き、人間たちにも随分と慕われていた。

私たちの中でも、きっと最も人間が好きだったあやかし。

生まれ変われるのなら、きっと人間になりたいと思っていた、あやかし。

そうよね、由理。

「ま、僕としては、その津場木茜君とやらに、君たちの親友ポジションを奪われないかと、ヒヤヒヤものだけど」

「あ、それはないと思いますから」

「あいつお前みたいに落ち着いてないしな」

そんな心配、本当にしているのかと言いたくなるような、優しげな眼差《まなざ》しの由理。さっきまでの、あのヒヤリと背筋の凍えた一瞬が、嘘みたいに普段通り。

いったい何を考えているのやら。

眷属たちも「鵺様がそういうのなら」と、由理の意見にしぶしぶ納得という感じだった。

数日後。大晦日を前にした忙しい時期であるにもかかわらず、私と馨は津場木家を訪ねることになった。

手土産に、浅草の名店・舟和《ふなわ》の〝あんこ玉〟を買って、電車で移動。目指すは、津場木家の本家があると教えられた、埼玉の小江戸《こえど》〝川越《かわごえ》〟だ。

「川越って、テレビの特集とかではよく見るけど、行くの初めてね」

「ああ。シンボルの〝時の鐘〟でも見て帰るか」

「おもちをスイに預けているし、お土産に駄菓子買って帰りましょう〜、川越には大きな麩《ふ》菓子があるって聞いたことがあるわ」

江の島デートしたばかりなのに、今度は埼玉の川越へ。

蔵造りの町並みと、菓子屋横丁、時の鐘が有名な、小江戸と称される観光地。

立て続けに観光地へ赴くことになったけれど、まあ住んでる場所も浅草っていう超観光地だし、いいか。

しかしやはり、到着してみるとその雰囲気に驚かされる。

小江戸・川越は、独自の町並みと、観光地としての特徴を兼ね備えているのだった。

「おお～、浅草とも京都とも、なんかちょっと違うわねえ」

「蔵造りの重厚な趣が良いんだよなあ。そもそも蔵造りってのは蔵に用いられる建築様式だが、なぜこの辺りでは民家や店自体が蔵造りなのか、知ってるか真紀」

「いいえ、全然。教えて馨」

「川越の蔵造りは土蔵の耐火建築なんだ。明治《めいじ》の〝川越大火〟によって、川越の民家は大きな被害を受けた。しかし蔵造りの建造物だけは無事だった。そこで町全体の防火対策の意識が高まり、商人たちはこぞって蔵造りの家や店を建てたそうだ」

「へええ、それは面白い話ね。あんたそういう建築物のウンチクが好きよねえ」

「ふふん。狭間《はざま》を作る時に、様々な建築様式やその背景を知っていると、役に立つからな」

確かに、狭間って小規模な街づくりだからねえ。

かつての〝狭間の国〟のシンボルだった鉄の御殿も、自分で設計して建てちゃったくらいだし。

馨は将来、そういう特技を、役立てる職業にでもつくかしら。

「いーなー、馨は。私もそういう特技があったらよかったんだけど」

「なんだ、なんの話をしてるんだ」

「将来の話よ。馨のお嫁さんってのはまあ確定として、今は女も働く時代。私も何か、やりがいのある進路を見つけなくちゃ。大学行くかどうかも、考えないといけないし」

「……まあ、確かに俺たち、もうすぐ三年生だからな」

　こんな場所で将来の進路の話になってしまった。

「あ、時の鐘」

　しかしふと顔をあげると、川越のシンボル〝時の鐘〟を見つけたので、話題がそっちに逸《そ》れる。情緒のある古い鐘楼だ。

「貰《もら》った地図では、川越城本丸御殿と、三芳野《みよしの》神社の先にある通りに出ろですって。お迎えの車が来るみたい」

　行く道を確認しながら、私たちは三芳野神社の脇を通っていた。

「とおりゃんせ、とおりゃんせ」

　どこからか、おなじみの童謡が聞こえてくる。子供たちが唄《うた》ってるのかしら。

　指定された通りで立ち止まっていると、すぐに車が寄せてきて私たちに「お乗りください」と言う。津場木家の家紋の入った車だ。

　なんだか怪しい……でも、ここは臆《おく》せず乗りこむ。

　運転手は津場木家の使用人とのこと。特に話もせず、ゆるゆると連れて行かれる。

　やがてのどかな田畑に出て、小山の山道を登り、塀に囲われた立派な屋敷にたどり着いた。どうやらそこが、津場木本家のようだった。

「凄《すご》いわねえ、この、いかにも〝入るべからず〟と言いたげな、結界の数々」

「ああ。俺たちもすでに、見られているな」

正門も大きい。入る前から、すでに視線を感じる。

あたりを見渡しても、誰もいないけれど。

「行くぞ」

「ええ」

私たちはゴクリと生唾《なまつば》を飲み、立派な門の脇に取り付けられているインターホンを押す。

返答は無かったが、しばらくして門が自動で開かれた。

同時に、この範囲を囲む結界も一部開かれるのを感じる。

お進みください、ということかな。私たちはその門を入り、石段を登った。

石段の一歩一歩が重く感じられるのは、私たちが警戒されているからだろうか。上から押してくるような、不思議な霊圧に、私も馨も黙ってしまう。

石段を登りきったところにも、家紋が描かれた門があった。

その前に立つと、門はまた、向こう側から勝手に開いた。

門の先にいたのは、津場木茜だ。

いつもの格好とはかなり雰囲気の違う、着物姿でいる。

表情は相変わらずむすっとしているが、こういう姿でいると、名家のお坊ちゃんだったんだなと改めて認識。

「おい、なんでてめーらがうちに来るんだよ。お前たちなんかなあ、敷地に踏み入った途端に八つ裂きでもおかしくないんだぞ！」

「意外と元気そうだな」

「お久しぶりね。落ち込んでるかと思って慰めにきたのに」

「全然怖がってねえな、おい！」

津場木茜の脅しも、挨拶《あいさつ》のようなもの。

彼は私たちを交互に見てから「まあいい、来い」とぶっきらぼうに言って、使い込んだ下駄《げた》をカラコロと鳴らして前を歩く。

お屋敷の庭では、様々な椿が花を咲かせていた。

「椿の花が綺麗《きれい》なお庭ね。でも、椿の花が咲くにはまだ早いんじゃない？　よくこんなに咲き乱れているわね」

「はっ。敷地内の椿の花は、早くに咲いて、遅くまで花を咲かせている。うちの結界の、どうでもいい効果の一つだな」

「ほお。なかなかいい結界みたいだな」

「中庭に、もっとでかい椿の木があるぞ。それが結界守をしているから、こういう効果も備わっているらしい」

津場木茜は意外と律儀に説明をしてくれるが、私はやっぱり、母屋《おもや》から感じる視線を気にした。

「それにしても、式神があっちこっちから見てるわね」

「……流石に分かるか」

「お前の式神はどいつだ？　いつも連れている気配はないが」

「俺に専属の式神はいねーよ。津場木家の連中は、はやく式神を使役しろってうるさいけどな。でもあやかしを使役するなんざー、時代遅れだと思わねえか。俺は俺自身の力で全てをねじ伏せる」

「ほおー。お前、変わってんなー」

「あやかし嫌いがこじれると、退魔師でもこうなっちゃうのかしらねえ。でもそういうとこ嫌いじゃないけど」

「…………」

津場木家には長年この家に仕えている式神や、歴代のお嫁さんが嫁入りした時に世話係として一緒に移ってきた式神など、いろいろと住み着いているらしい。

この家で式神を使役していないのは、津場木茜くらいらしいのだが……

「いらっしゃ〜い。酒呑童子《しゅてんどうじ》様と茨木童子様、おなーりー。にゃんにゃん、ぐふふ」

立派な母屋に入るや否や、妙な式神に遭遇した。

黒の着物を纏《まと》う、柿色の髪をした猫ロ猫耳の幼い少女が、でんでんと小太鼓を叩《たた》きながら私たちを出迎えてくれたのだ。私たち、ぽかん。

「こら、小町《こまち》！　お前出てくんなって言っただろ！」

「茜ぼっちゃんの言いつけは聞きませんから小町。小町は旦那《だんな》様の式神ですから小町」

「しっしっ、向こう行け」

するとと小町という式神は、二尾の三毛猫となって津場木茜の背中を飛び越え、私の肩に乗った。

「あんたが茨姫？　ふーん、思ってたより普通のＪＫだね。小町もっと凶悪な見た目しているのかと思ってた〜」

そして今度は馨の頭の上に飛び乗り、

「こっちはいい男だね。まだ子供だけど将来有望そう。小町おでこぺろぺろしちゃう」

「ああっ、やめろやめろ。なんかざりざりする。なんだこの猫又は！」

手土産を持って両手のふさがっている馨の代わりに、私が猫又の首根っこを掴《つか》む。

「なあにこのどろぼう猫。馨は私のものなんだから勝手にぺろぺろしないでくれる？　私もしたことないのに」

「ふ、ふーん。元夫婦なのに案外プラトニックなんだね〜小町びっくり」

私が凄んだので、小町という猫又は小さくなって舌をぺろっと出した。

そんな時だ。

「こらこら小町。大事なお客人だぞ、しっかりご挨拶をしなさい」

玄関から続く廊下の先から、別の声が聞こえた。

こちらにやってきて、玄関先で頭を下げたのは、メガネをかけた細身の中年男性だ。

「ようこそ遠路はるばるおいでくださった。私は茜の父、津場木咲馬《さくま》と申します」

私たちもそれぞれ名乗り、ぺこりと頭を下げる。

この不良息子の父にしては、案外普通の人だな。

「あの、これつまらないものですが」

そして馨が、持ってきていた土産の菓子折りを、咲馬さんに手渡した。

「これはこれはご丁寧に。いやあ、生きている間に、かの酒呑童子様にお土産を手渡していただくとはね」

「いや……生まれ変わりなので、今はもうただの人間です。こっちの真紀も、人間です」

馨が多少警戒心を露《あら》わにしつつ、改まって〝人間〟であることを強調する。

「そう警戒しなくとも、わかっていますよ。あなた方は人間だ。それに日頃も茜と仲良くしていただいているみたいで」

「してねーし、されてねーよ。ふん！」

「まあこんな捻《ひね》くれたせがれですがね。あなた方から見れば、茜はさぞ子どもに見えるでしょうなあ。さあ、おあがりなさい。当主・津場木巴郎《ともろう》も後ほど、ご挨拶に伺います」

咲馬さんが私たちを屋敷に上げてくれる。

彼の〝おあがりなさい〟が一つ結界を解く鍵《かぎ》なのか、先ほどまで感じていた、重苦しい漬物石みたいな霊圧が一気にどこかへ行ってしまい、私たちは身軽になる。

「悪《わり》ぃな、この家、玄関を上がるまでは息苦しかっただろ」

津場木茜が、ぶっきらぼうながら、私たちを気遣う。

「あやかしに侵入されるのを拒むため？」

「それもあるが、同業者にも敵が多い。最近じゃ、いったい何と戦っているのかわからないくらい、不法侵入を試みるのは人間の命令を受けた式神だったりする」

古い家の廊下を歩むたびに、キシキシと音が響く。

錦鯉《にしきごい》が泳ぐ池と、鮮やかに咲く白と赤の寒椿の見える和室に、私と馨は通された。

咲馬さんは当主を呼びに行くと部屋を出たが、津場木茜は向かいにどかっと座り込み、あぐらをかく。

「で、なんだよ。わざわざうちにまで来やがって。謹慎の身を笑いに来たのかよ」

「そうじゃないわ。私たち、あんたにお礼を言いに来たのよ」

「はああ？　お前たちが、俺にお礼だと⁉」

訳がわからんという顔をしている津場木茜に、馨もこう言う。

「まあ、お前がそんな顔になるのも分からなくはないが。しかし俺たちのせいで迷惑をかけたのは、事実だからな」

「あの後、怪我とかしなかった？　痛いとこない？」

「ねーよ、なんだよその心配の仕方！　俺は子供かよ！」

こちとら心配しているのに、津場木茜は喚いて目の前の座卓をバンバンと叩く。

しかし徐々に落ち着きを取り戻しながら、彼は座卓に肘《ひじ》をつき、状況を説明した。

「別に……っ、あれは俺が勝手にやったことだ。てめえらに礼を言われる筋合いもねー。謹慎中って言っても表向きの処置にすぎない。年が明けたらまた復帰する。休みが貰《もら》えてラッキーだったぜ。ふん」

と言ってそっぽを向いたのは、単に照れ隠しかもしれない。耳が赤かったので。

「ふふっ。でも改めて言うわね。ありがとう津場木茜。あなたのおかげで、私はミクズ相手に戦うことができたし、最後は馨と一緒に、大江山《おおえやま》の雲海を見ることができた。自分の抱え続けた嘘を、この人に謝ることができたの。その機会をあの時失ってしまったら、私たち今、こんな風に隣り合っていないかもしれないわ」

馨も私の言葉に続ける。

「俺たちは元大妖怪《だいようかい》、酒呑童子と茨木童子だ。その記憶があり、力をもって、人間に生まれ変わった。そして、俺たちはもともと、夫婦だった。お互いに死んだ場所も、死んだ時代も違う。そのせいでいまだ、お互いのことでも知らないことが沢山ある。俺たちはちょうど、そのことで喧嘩《けんか》をしていたんだ。仲直りするタイミングを作ってくれたのはお前だ。お前は、なんのことやらと、思うだろうがな。……感謝している」

やはり津場木茜は、首を大きく傾げて意味不明と言いたげな顔をしていた。

そりゃそうよね。でも、察したところもあるみたいで「そうかよ」と、ちょっと低めの声で返事をしたのだった。

「ねえ。どうしてあの時、私たちを逃がしてくれたの？」

「どうしてって、そりゃ……」

津場木茜はこちらに向き直り、視線を横に流しながら。

「わからねえよ。なんとなく、だ。酒呑童子と茨木童子が夫婦だったなんて、その時まで俺は知らなかった。でも、そうだと知って、今までのお前たちの行動を思い返せば……」

「……？」

「お前たちを引き離すことの方が、俺は危険と判断した。だってそうだろ。あそこに酒呑童子の首があって、それで、茨木真紀、お前が泣いていて……。ああ、そうか。離れ離れだったんだなって……思って。持っていた髭切《ひげきり》が震えていた。遠い昔の、茨木童子の復《ふく》讐《しゅう》の理由を、俺は……知ったんだ」

津場木茜は、そこまで言って、ぐっと押し黙る。

しかし、こちらも驚いて言葉に詰まる。そのような言葉が返ってくるとは、思っていなかったからだ。

人間でそんなことを言ってくれた者はあまりいない。

特に、敵だと思っていた退魔師で。

馨がちらりと、私の方を見ていた。

多分、私が酒呑童子の首と対面した瞬間のことを、津場木茜から聞いたからだと思う。

津場木茜は訳のわからない葛藤《かっとう》に苛《さいな》まれているのか、髪をかきむしっている。

「だーもうっ。だから、そういうことだ！　あの時、お前たちにちゃちゃ入れそうだった陰陽局の連中がムカついたから、真っ向から反対してやっただけだ。もともとあんま好きじゃねーしあいつら。俺が反対すれば、あいつらは多少怯《ひる》む。なんせ、東で最強を誇る退魔一門だからな、津場木家は！」

「へえ、流石じゃないの」

「東の最強ってことは、西にも最強の一門がいるのか？」

「話はそっちに逸《そ》れてくのかよ、おい！」

またバンバンと座卓を叩く津場木茜。

だが結局、馨の質問にも律儀に答えようとする。

「ったく。いーよ教えてやるよ。西で幅を利かせている退魔一門は、土御門《つちみかど》家と、源《みなもと》家、だ。土御門家は元陰陽頭の一門だし、遡《さかのぼ》れば安倍晴明《あべのせいめい》の血縁だったりする。退魔師の中でも、陰陽師に特化した一族だな。源家は言わずもがな、武力に特化した退魔師の一門だ。お前たちとも因縁深いんじゃないのか」

「まあねえ。特に源頼光《よりみつ》とか」

「思い出すのも癪《しゃく》だが」

「歴史上の源家は様々な流派に分かれ消えたものもあるが、大退魔一門としての源家はいまだ健在だ。今、京都で最も力を持っているのは源家と言っていい。でもここは、俺が一番嫌っている一門でもある」

「……へえ。あんた、人間の退魔師の中でも、嫌いなのがいるんだ」

「勿論《もちろん》だ。退魔師なんていけすかねー奴らばかりだよ。俺が他人で尊敬するのは、青桐《あおぎり》さんくらいだ」

そこでふと、馨が青桐さんについて尋ねた。

「なあ。その青桐さんは名門の出じゃないのか？　見た所、相当なやり手のようだが」

「流石にわかるか？　ふふん、青桐さんは土御門家の出自だが、一門のやり方に反発して出て行き、今は母方の姓を名乗っている。穏やかそうに見えて超ロックなお人なんだぜ」

「……ロック」

「天才だぜあの人は。〝刻手繰《ときたぐ》り〟っていう特殊な術が使えるんだ！」

まあ、ロックかどうかは置いといて。

津場木茜は青桐さんに強い憧《あこが》れがあるのはわかった。まるで我がことのように、キラキラと少年らしい目をして語る。

人間嫌いだったあのルーも慕っていた。求心力のある人間なのだろう。

そういえば、青桐さんは各方面から命を狙われがちとルーが言っていたっけ。

今聞いた事情も絡んでいるのだろうか。

「なら、あの人は？　叶《かのう》先生」

「……あ？　ああ、叶さんか。あの人は……イレギュラーだよ。そして謎だ」

津場木茜は顎《あご》に手を添え、どこか首を傾げつつ慎重に語った。

多分、彼も叶先生のことが、まだよくわかっていないのだろう。

「あれだけの力を持っていながら、名家の血筋という訳でもない。京都総本部からうちに派遣されてきたていだが、実際は勝手にふらふらと出て行ったそうだ。あの人は突然現れて、しばらくは京都総本部で何か研究をしていたらしい。しかし今はその研究を切り上げ、こちらにいる。……何か目的があって、あちこちを移ろっているんだろうと、青桐さんは言っていた。その目的が何かは、俺には全く分からないがな。なんせあの人は……」

「安倍晴明の生まれ変わり？」

「!?　やっぱり、お前たちも知ってんのか」

「勿論だ。……俺たちがそれに気がつかないはずがない。一目見て分かったさ」

　私と馨の表情が変わったのに気がついたのか、津場木茜はしばらく黙ったまま、私たちを見つめていた。そして、

「その件、あまり周囲に言いふらすなよ。ある意味で、お前たちよりヤバい物件だからな。京都総本部の上層部も叶さんには戻ってきてもらいたくて、必死になっている。安倍晴明の生まれ変わりっていう、俺たちにとって超影響力のある人材を、東京本部に取られたくないんだな。無茶なことをやってくるかもしれん」

「はあ？　なにその有能陰陽師の奪い合い。あいつそんなにモテモテなの？　でもいくらヤバいのに追いかけられても、あいつなら軽く煙《けむ》に巻いて逃げるわよ」

「そうだぞ。あいつはかつて〝逃げの晴明〟って呼ばれてたんだぞ」

　津場木茜は頬杖《ほおづえ》をしていた腕をズルッと崩し、「お前たち晴明のこと恨んでいるのか信じてるのかどっちなんだよ」と呆《あき》れている。

　言われてみると、私たちがあの男に抱く感情は、そのどっちもだと思った。憎らしいほど、実力者。それをよくよく知っているから……

「!?」

　その時だ。縁側以外の三面の襖《ふすま》が一斉に開き、私たちは酷《ひど》く驚かされる。

「悪名高い大妖怪様方」

「いざお覚悟！」

三方から木彫りの猫面をつけた屈強な式神が、刀や霊符を持ち飛びかかってきたのだ。

まさかまさかまさか。私たち命を狙われてる⁉

「うおりゃあ！」

私と馨はとっさに座卓をひっくり返し、脱兎《だっと》のごとく庭へ駆け出す。錦鯉のいる池の石を足踏みして飛び越え、その向こう側でお互いに戦闘モードになって身構える。

私たちってほんと息ぴったりね……って、そんなこと考えてる場合じゃない！

先ほどまでくつろいでいた和室の間からは、もわもわと煙が漂い、

「きた！」

その煙中から飛び出してきたのは、やはり三匹の式神。大、中、小といる。一番小さいのは多分さっき玄関先で出会った小町に違いない。

「真紀！　フォーメーションA、パターン庭、池アリ、だ！」

「オーケー馨！」

しかし私たちだって無策でこの家に乗り込んだ訳じゃないわ。幾つかの事態に備え、ちゃんと準備していたもの。

バレーボールを打つフォームで構える馨の手を足場に、私は空高く飛び上がる。

そして池の上からどんぐり爆弾を構えて、ちょうど馨を狙って一点に集う式神に向かってそれを撃ち込んだ。

激しい爆発のせいで、池の水が飛沫《しぶき》をあげて舞う。

その舞い上がった水の動きを、馨が神通の眼で見極め、パンと両手を合わせ、

「結べ！」

たった一言で水をロープ状の結界に。周囲の木の幹や枝を利用して、三匹まとめて縛り上げた。

「ぐえっ」

猫面の式神たちはきっととてつもなく鍛え抜かれた精鋭だろうが、私たちの前では可愛らしい子猫ちゃん。

「……あ、落ちる」

「ああ！」

しかし大勝利のドヤ顔もつかの間。私はこのまま池へ直下。

私を抱き止めようと池へ飛び込んだ馨と一緒に、二人して真冬の池の水にずぶ濡《ぬ》れになってしまったのだった。

ガチガチガチガチ。寒い寒い寒い寒い。

「いやあ、ははは。さすがに息のあった連携の技。かの大妖怪が夫婦であった証《あかし》と言えような。鬼の首を落とすどころか、うちの庭の寒椿の花がボロボロと落ちてしまったよ」

気がつけば縁側に一人の老人が立っている。

この寒い中扇子で顔を扇《あお》ぎながら、愉快な笑い声を上げているのだ。

水浸しで起き上がり、私は髪の水気を絞りつつ、

「あなたがこの茶番を命じたのかしら」

声音に多少の皮肉を込めて、ストレートに尋ねる。

「聞いていた通り凄《すご》みのあるお嬢さんだ。茨木童子の生まれ変わりであれば当然といえようか。いや失敬。挨拶《あいさつ》が遅れてしまい申し訳ない。私は津場木家当主、津場木巴郎。隠れてジロジロ見られているより、こういうもてなしの方が意外性があり、あなた方には面白いかと思ってね」

「善良な学生を水浸しにしてガタガタ震えさせるのがおもてなしだと？」

「私たち、池に落ちて生臭い手鞠河童《てまりかっぱ》みたいになってるんだけど」

「あっはっはっは。大丈夫大丈夫、うち温泉引いてるから！」

その老人は愛嬌《あいきょう》のあるにっこり笑顔になり、親指をぐっと立てる。

「ようこそ津場木家へ。歓迎するよ、元大妖怪《だいようかい》のお二方。そして茜の良き友人たちよ。あ、あとでサインちょうだい。うちの神棚に飾るから」

「………………」

私たちは池の真ん中でぽかんとしてしまっていたが、ここですかさず津場木茜が、

「って、友人じゃねーし！　つーかサインちょうだいじゃねーよ！」

芸人の勢いで自分の祖父相手につっこんでいるのだった。


「……ふう」

散々なおもてなしを受けたが、温泉は気持ちいい。

男女別々の露天風呂《ろてんぶろ》まであるなんて流石だ。お屋敷も大きくて部屋数も多いみたいだし、
昔はたくさんの門下生が住んでたってことなのでしょうね。

温泉から上がると、用意された立派な着物を着て、廊下に出る。すると向かいの洗濯室で、濡れた衣服を小町がせっせと洗濯しているのを見つけて、声をかけた。

「ありがとう。生臭いでしょう？」

「んん？　あ、茨木童子様。大丈夫大丈夫。洗濯得意だから小町」

小町はニカッと笑って自分を指差す。

最初は色々あって脅かしてしまったが、あっけらかんとしていて愛嬌のある猫娘だ。

初対面の時のことも、さっき庭の池で吊《つ》るし上げたことも根に持っていないみたい。

「お土産、あやかしが好きな浅草のお茶菓子を持ってきたから、たくさん食べてね」

「もうつまみ食いしたよ。旦那様《だんな》には内緒でね。あんこ玉大好物なの小町」

「早いわねえ。あんたいつからここの式神やってるの？」

「もうずっと昔から。川越城にお殿様がいた頃から」

「へえ。見た目は小さな女の子でも、結構年季の入った式神なのねえ」

「ふふん。こう見えても代々津場木本家に居座るお座敷猫なの小町。お家《うち》に福を呼ぶ招き猫式神だよ。にゃんにゃん、ぐふふ」

変わった笑い方をするけれど、それもまたあやかしらしい。

顎を撫《な》でてやると、ぐるぐる喉《のど》を鳴らした。糸目になった顔が可愛いな。

「おい真紀。こんなところで何してるんだ」

「あ、馨もお風呂上がった？　気持ちよかったわよねえ」

「ああ、思わず長風呂してしまったな……。明るくて景色もよかったし」

お風呂大好きな馨らしい。ほくほくと満足そうな顔だ。

しかし私の湯上がり姿を見て、気難しそうな顔になり、

「おい真紀、もうちょっとしっかり髪を乾かせよな。真冬だぞ、風邪をひく」

私の髪についた雫《しずく》を、自分の肩にかけていたタオルでワシワシと拭《ふ》いた。

相変わらず世話焼きな奴め……。

「鬼火もってきてあげようか？　それとも自分で出せる？」

「んー、鬼火はもう出せないわねえ。さすがに本物の鬼じゃなきゃ」

「待ってて。小町すぐとっ捕まえてくる」

普通にドライヤーを貸していただければ、と言う前に小町は猫の姿になってスッと廊下へと消えた。しかし後からふよふよと天井を漂う鬼火を見つけたので、それをとっ捕まえて髪を乾かしてもらう。こういう家には、絶対漂っているわねえ……

「行くぞ真紀。ここの家の人たちを待たせているだろうからな」

「ええ」

馨と共に、広縁に出た。長い長い、お屋敷の広縁。

幅があるので少々暗いが、中庭の景色がよく見える。

それにしても本当に広い屋敷だ。由理のお家とはまた違った趣と歴史を持つ、醸す空気に秘密めいた重みを感じられるお屋敷。

その広縁を、ゆっくりと歩いていると、どこからか童謡が聞こえてきた。

　とおりゃんせ　とおりゃんせ
ここはどこの　細通じゃ
天神さまの　細道じゃ
ちっと通して　下しゃんせ
御用のないもの　通しゃせぬ
この子の七つの　お祝いに

お札を納めに　まいります
行きはよいよい　帰りはこわい
こわいながらも
とおりゃんせ　とおりゃんせ

「またこの〝わらべ唄《うた》〟。私たち、この家から帰してもらえないってことかしら」

「いや、あいつが歌ってるんだ」

ちょうど窓の開いているところで立ち止まり、馨が中庭を指差す。

そこには見上げるほど大きな椿の木があり、木には童の姿をした精霊が座っていた。

木の根元にはいくつもの古い祠《ほこら》が建っており、この木が家の守り神なのだとわかる。

「………木の精霊」

その童はこちらを見てクスッと笑うと、また同じわらべ唄を歌った。

しんとした冷たい冬の空の下。

その歌声だけが庭に響き、私たちの足を止め続ける。

「おい、何してんだ。風呂上がったんならさっさとこっちに……」

津場木茜が私たちを呼びに来たが、黙って中庭の木の精霊を見つめ続けている私たちを、彼は奇妙に思っているみたいだった。

「どうした？」

「……いえ、可愛い椿の精霊ね」

「ああ。あいつは〝幻真椿《げんまつばき》〟という。かつては川越城内にあった、あの〝わらべ唄〟発祥の地で有名な三芳野神社の境内に植えられていた、小さな椿の木だったそうだ。しかし当時武家の間では、椿の花はあまり縁起の良いものとは言われていなかった。花がボトッと落ちる様が、首取られたみたいに見えたからな」

「……首取られた……」

ブルブル。

こちとらトラウマが蘇《よみがえ》りそうな表現で身震いしたが、津場木茜は遠慮なく続けた。

「それでまあ、色々な流れがあってこの地に居座っていた津場木家が、その椿の木を引き取ることにしたんだ。すでに精霊が宿っていたからな。あの木がうちに張られた結界の管理棟だ。地中に巡る木の根が地脈から霊力を吸い上げ、結界を張る源になっている」

「……守り神って、訳ね」

「まあそうだが……どうかしたか？　さっきからなんかぼんやりしているぞ」

「いえ。私たちにもかつて、ああいう木の精霊の仲間がいたの。藤の木の精霊だったわ」

「藤の木の精霊？」

「……俺たちの国を、守ってくれていた。頼もしいやつだったよ」

私と馨の言葉に、津場木茜は「はて」と言いたげな顔をして、なぜか天井を見上げていたけれど。

「…………」

とおりゃんせ、とおりゃんせ。

その唄を聴きながら、隣り合っていた馨の手を、私は思わずぎゅっと握った。

すると馨も、静かにぎゅっと、手を握り返してくれる。

偲《しの》ぶ想いを、誰にも気づかれてはならない。

だけど、私たちだけが分かり合える、懐かしい友の話である。

「ニャ〜、ニャ〜」

「あら？」

いつの間にか、足元に猫が集っていた。鬼火を咥《くわ》えた三毛猫の小町もいるが、茶トラの大きいのと、もう少しスレンダーな白猫も。

「こいつら、さっきお前たちにけしかけたうちの式神だぜ」

津場木茜に言われて、馨も私も「ああ」と。

「言われてみればそんな感じだな」

「津場木家は化け猫屋敷なのねえ」

三匹はそれぞれボフンと煙を立て、人の姿に化ける。

大きなキジトラは短髪の精悍《せいかん》な青年に。

スレンダーな白猫ははんなりとした白髪の女性に。

「自分は厚虎《あつとら》」

「わたくしは笹雪《ささゆき》」

「──先ほどのご無礼をお許しください」

そして揃って、深々と頭を下げる。よく躾《しつ》けられた、礼儀正しい式神たちだこと。

「あなたたちが頭を下げる必要はないわ。式神は主人の命令には逆らえないでしょうし」

「むしろ縛ったりして悪かったな。あとこいつが爆弾とか投げつけて」

「怪我してないわよね、大丈夫？」

私たちがあちこち心配していると、猫たちはモジモジとしつつ、私たちにあるものを差し出した。色紙だ。

「あの、サインいいですか？」

「え？　サイン？」

「あやかしにとって酒呑童子様と茨木童子様は英雄です。伝説なのです」

私と馨は、なんとなく津場木茜の方を向いた。さっきもここのお祖父《じい》さんにサインを求められたが、その時は津場木茜が憤慨していたから。

「別に、こいつらが欲しいって言ってんだから、俺に文句はねーよ。減るもんじゃねーしサインくらいくれてやれ」

まさか退魔師の式神からサインを求められるとはね。

とりあえず私と馨で一枚ずつ書いてあげる。ただ名前を書いただけだけれど。

猫たちはそれでも、書かれた色紙を喜んで胸に抱き、静かにこの場を去ったのだった。


本当はお話しをしたらすぐに帰ろうと思っていたのだけれど、津場木家の面々が是非というので、夕飯をご馳走《ちそう》になる。

おおお。なんと蟹《かに》しゃぶだ！　しかも生本ずわい蟹！

我が家ではなかなかありつけないご馳走。

私は思わず、隣の馨の着物の袖《そで》を引っ張る。

「あ〜、見て見て馨。蟹よ。丹後《たんご》の蟹を思い出すわねえ」

「人さまにご馳走になるんだから、吸引機のようにスイスイ平らげるんじゃないぞ。お前の蟹の食いっぷりは尋常じゃないんだからよ」

「あら、そういう馨だって嬉《うれ》しそうよ？　お酒が飲めない年齢なのが、かわいそうねえ」

「やめろ、学生に向かってやめろ」

そんな会話をしていると、お鍋《なべ》の準備をしてくれていた津場木茜の父である咲馬さんが、興味津々な様子で加わる。

「やっぱり酒呑童子は、伝承とその名の通り酒好きだったのかい？」

「ええ、まあ……。それが最終的に命取りになってしまったんですが」

「そうよ。お酒ばっかり飲んでたから」

「だから今はコーラで我慢してるだろ！」

私と馨のちょっとした言い合いに、津場木家当主の巴郎さんも「わはは」と大声で笑う。

「不思議だねえ。見た目は高校生なのに、お二人はやっぱり、永い時を連れ添った夫婦のような空気がある。こんな高校生は見たことがない」

「そうでしょうね。だから私たち、今の関係をなんて言っていいのかよく分からないの」

「確かに恋人や許嫁《いいなずけ》というのも、少し違うしなあ。あ、ちなみに私は幼い頃から決められた許嫁がいて、その人と結婚したわけだけど」

ご当主の巴郎さんは、すでにお酒を飲みつつ、退魔師にしては珍しく簡単に身の上を語り始めた。退魔師の一門の跡取りは、許嫁を勝手に決められる事が多く、なかなか思春期の初恋が実ることはないため、この時期にいったんグレる、などなど。

「僕は恋愛結婚でしたけどね、お父さん。陰陽局《おんみょうきょく》での職場結婚ですから。茜君も、そろそろ将来の津場木家を背負う自覚を持って、力のあるお嫁さんを見つけて欲しいところなんだけど……」

「そうだよなあ。ひ孫を見るまでは私も死ねん」

「は、はあ⁉　何言ってんだ父ちゃんじいちゃん、俺はまだ高校生だぞ！」

顔を真っ赤にして、飲んでいたオレンジジュースのグラスを座卓に叩《たた》きつける津場木茜。

これまた、真っ当な思春期の反応だなあ。

「やっぱり津場木家は、霊力の高いお嫁さんでなければならないの？」

許嫁や陰陽局での職場結婚ということは、相手は一般人ではないということだろう。

退魔師の一門は、その霊力を維持するために、跡取りは霊力の高い花嫁を貰《もら》わなければならず、界隈《かいわい》でも嫁不足が深刻だという話は、聞いたことがある。

「古臭い体質って思われるでしょう？　でもそうしなければ退魔一門は廃れていく。昔はもっと多くの退魔師の一門、流派があったけれど、子孫の霊力を維持できずに消えていったものも多いんだよ」

「特に女性に霊力が宿り難い時代になったからなあ。ちょっと霊力の高い女の子が生まれたら、あちこちから『うちの息子の許嫁に』って申し出がくる」

「うちのねーちゃんがそうだったらしいな」

ほお。津場木茜には姉がいるのか。新情報。

「あの……聞き辛《づら》いんですけれど、そもそも津場木家の女性陣はどこに」

「…………」

馨の質問に、津場木家の面々は固まった。

固まって青い顔をしている。実は最初から、この家の女性陣が現れないことが疑問だったけれど、もしやあやかし関連の何かがあって、すでにこの世には……

「いないんだ、この家には。帰ってこないんだ」

シュンとしてしまった、咲馬さん。慌てる馨。

「す、すみません。やっぱり、何かあったんですか……」

「いや違う」

巴郎さんは持っていたカニスプーンを握りしめ、

「ばあさんと、咲馬の嫁の明菜《あきな》さんと、茜の姉の桃香《ももか》は、女三人でハワイに行っておる。年明けまで帰ってこん……っ」

羽織の内側からスマホを取り出し、バカンス中の三世代女子の「イエーイ」な写真をこちらに差し向ける巴郎さん。ずっこける私と馨。

なんだそれは。退魔師一門の女性陣、年末のこの時期に自由すぎますね！

「ていうか、謹慎中ならあんたもハワイに行けばよかったじゃない、津場木茜」

「ぜってー嫌だ。お前はあの女たちのバイタリティと金遣いの荒さを知らないからそんなことが言えるんだ。ブランドバッグとか化粧品とか買いまくって、荷物持ちさせられるに決まってる！」

ほお。きっとそういう経験があったんだろうな。

しかし思っていた以上に自由で面白い家族のようだ。厳格で堅苦しい一族なのかと思っていた。

というわけで、私はやっと蟹をしゃぶしゃぶ。

身の大きな、ぷりぷりの蟹を、一口でぱくり。甘くて美味《おい》しくて、しばらく悶絶《もんぜつ》。

「んーっ、たまんない。あー幸せ」

「図太い女だとは思っていたが、うちでそんなこと言えるとは思わなかったぞ茨木真紀。毒でも盛られてたらどうするつもりだ」

「あら。退魔師は人間を傷つけられないって言ったのは、あんたでしょう？」

それに、たとえ毒入りでも私には効かない。私の血は、毒を浄化してしまうから。

なのでやはり、もりもり蟹を食べる。遠慮を知らない食べっぷりに、巴郎さんは目を細めてうんうんと頷《うなず》いた。

「真紀さんは愛らしいねえ。よく食べる女性はこの界隈でこそモテる。なんせ霊力回復には食べることが一番だからねえ」

「真紀さんはやっぱり、馨君と結婚してしまうのかい？　元夫婦ってことは、もうそういう予定なのかい？　うちの茜という選択肢は……」

ぴくり、と蟹を食べる手を止める馨。一方津場木茜は、

「やめろおおおおおおお！　いくら嫁不足だからって、はやまんな！　そんな悲劇俺は

認めねえ。つーかなんで俺がこんな馬鹿力女と！」

酷《ひど》く青い顔をして立ち上がる。なぜか馨もゆらりと立ち上がる。

「ああ？　お前、真紀の何が気に入らねえんだよ。真紀さんはなあ、いっけん馬鹿力で横暴な鬼嫁だが、慣れるとなぜか可愛く見えてくるんだぞ！」

「は？　なんでお前のろけてんだ？」

「真紀さんはなあ、真紀さんはジャイアンな半面、か弱いところもあるんだよ。朝は俺が起こしに行ってやらないといけないダメなところとか、幽霊が苦手なところとか！　あと意外と家庭的なんだぞ。俺が疲れて帰ったら素朴で温かい節約飯を作ってくれている」

「自慢？　結局のところ嫁自慢がしたいだけなのか？　つーかおめえはこいつを選べる時点ですげえよ！」

言い合いながらも、のろけたり相手を褒めたり。

何やってんのこの男たち。まあ馨が私をフォローしていたり、自慢したりなんて珍しくて、ちょっと嬉しいけれど。

「まあまあ。私を取り合うのはやめてちょうだい」

「取り合ってねーよ」

ここなんて息ぴったり。

「ならば勝負だ、津場木茜。この酒呑童子がお前の相手をしてやる」

てしまった。

「おおやってやらあ！　学園祭での決着をつけてやる」

そしてなぜかこの思春期真っ只中《ただなか》の男子たちは、チャンバラをしに縁側から庭に飛び出

式神たちが木刀を持ってきて、それで打ち合っているのである。

なんだこの展開は。馨まで一緒になって青いったらないわね。

「はあ～……なんで男ってああかしら」

「あっはっは。男はいつまでも少年の心を忘れられない。刃《やいば》を重ね合って、お互いのことを知るからねえ」

咲馬さんは止めようともしない。

巴郎さんも「よっこらせ」と腰を上げ、縁側に出て観戦モードだ。

「今時、刃を重ね合う男同士ってそんなにいないと思うけど……」

「でもね、茜には必要なんだよ。そういう友人がね」

「………」

「なあ真紀さん。良かったら、これからも茜と仲良くしてやって欲しい。あなた方との出会いは、きっと茜の運命を変えるだろう」

祖父・巴郎さんのそんな言葉を一つも知らずに、津場木茜は馨との木刀の打ち合い、チャンバラを楽しんでいる。

そんな彼を、愛おしげに見ている、津場木家の者たち。

津場木茜は捻《ひね》くれたところもあるけれど、根は素直で真面目だ。才能も実力もある。

そういう風に育てたのは、見守ってきたのは、この家族の目なんだろう。

猫又の小町は、もうすっかり普通の猫のように巴郎さんの膝《ひざ》の上で丸くなって寝ていた。


結局その日は、津場木家にお泊まりすることになった。

眷属《けんぞく》たちには用心するようにと言われていたのに、案外居心地がよくて、気を許してしまっているのが、どこか不味《まず》い気もする。

電話越しに、スイにも「年頃の娘を男所帯に寝泊まりさせるわけにはいきません！」とお母さんみたいなことを言われてしまった。

でもねえ、帰れないのよ。

明日、話をしておきたいことがあるって、言われてしまったんだもの。

おもち、ぐずってないといいけれど……

「って、なんで俺と真紀が同室なんだよ」

「今更？　その方が、お互いに安心でしょうからって配慮してくださったのよ」

夫婦用のお布団に、枕が二つ。

とはいえ、実際に私は馨が側にいてくれた方が安心できる。

「隣り合って寝ましょうよ馨。よくあることじゃない」

「そりゃ、お前は今まで通りなのかもしれないが……」

「ん？」

「いや、なんでもねーよ。さっさと寝るぞ」

昔ながらのお布団に入る。古い家屋特有のキリッとした寒さに顔を晒《さら》し、隣に馨の存在と温《ぬく》もりを感じつつ、やはりなかなか布団が温まらずブルッと震える。

「ねえ馨。もうちょっと近寄っていい？」

「………」

いつもなら「ダメだ」とか「ふざけんな、しっしっ」とか言うツンデレな馨だが、今日はそんな反応ではなく。

「ん」

意外にもこちらを向いて、布団を持ち上げ私の入り込むスペースを作ってくれる。

「どうしたの馨。やけに聞き分けがいいわね」

「聞き分けってなんだ。寒いんだろうなと思ったんだよ。ほら……こっちにこい」

こっちにこい。

そんな言葉が、ふとかつての酒呑童子を思わせた。

私は今でこそ健康体そのものだが、酒呑童子の花嫁になったばかりのころ、痩《や》せっぽちで体も冷たくて、彼の胸に身を寄せて寝ることが多かった。

「ふふ、えへへ」

なんだか嬉《うれ》しくなって、頬を緩ませいそいそと彼の腕の中に潜り込み、温もりと、心臓の音を感じ取る。これは体に血を送り込む、生きている音。

思わず馨の腰を抱きしめた。力んでしまったので馨は「いててっ」と呻《うめ》いたが、特に文句も言わずに耳まで布団をかぶせてくれた。ほっとして腕の力を弱める。

「寒くないか」

「……ええ」

私が抱きしめているのは、寒さに震える自分自身ではない。

私が抱きしめているのは、愛おしい人の形見の刀ではない……

「……なあ、真紀。聞いてもいいか」

少しの沈黙ののち、馨が小さな声で問いかけた。私は「いいわよ」と答えた。

「ちょっとずつでも知りたいんだ。お前が、茨姫が、酒呑童子が死んだ後に行った場所。やってきたこと。出会った者を」

「前世の話？」

「……駄目か？」

「いいえ。ただ……あまり、面白い話ではないわよ」

「しかし、俺には想像もできない。忘れられないんだ。雪の積もった大江山を、たった一人で降りて行った、茨姫の背中と、足跡が」

ささやくような低い声が耳をくすぐる。

馨の顔を見上げようとしたが、まるで「見るな」と言わんばかりに、馨は私の頭を、ぎゅっと自分の胸に押し付けていた。

「ふふ、そりゃあ、色々とあったわよお。茨木童子って一条戻橋《いちじょうもどりばし》で腕を切られて、羅生門《らしょうもん》で死んだことになっているでしょう？　腕を切られたのは事実だけれど、その後逃げ込んだ羅生門で死んだのは、別の鬼。私はスイに助けられて、腕の傷口を治療してもらったわ。そのおかげで、一命をとりとめたの」

「水連《すいれん》……あいつ、今までずっとそのことを俺には言わずに、黙っていたんだな」

「スイってね、ちゃらんぽらんして見えるかもしれないけれど、本当は誰より大人で、思慮深いの。私の思いや考えをすぐに察してしまう。だから、私が言うまでずっと黙って、見守っていたんだと思う」

「お前が水連を再び眷属にしない理由は、それか？」

「ええ。……スイは私に忠実すぎる。私が鬼になるきっかけを作ってしまった、そのことに対する、償いの気持ちがあるんだわ。でももう、自由になってほしい。スイは十分、私に返してくれたもの。むしろ私が、恩返しをしなきゃいけないくらい」

「…………」

「眷属たちには、辛《つら》い思いをさせてしまったわ。無慈悲な命令よね、あの状態で、ついてくるなって。あの子たちにとっては、奈落《ならく》の果てまでついて来いと言った方が、共に地獄《じごく》に落ちようと言った方が、よほど救いだったでしょうにね。スイはその後も、なんだかんだと私を遠くで見守りながら、最後まで私に尽くそうとした。リンもそう。今は憎まれてしまったけれど、あの子もずっと、茨姫を追いかけた」

「……リン。凛音《りんね》は、本当に茨姫を恨んでいたんだろうか――」

「え？」

「あいつは、俺に茨姫の真実を伝えた。それを伝える為に、順序立てた行動を取っていたように感じる。あいつは……茨姫の名誉の為に……」

馨の言葉に、私は「……そうかもしれないわね」とだけ、答えた。

何が、そうかもしれないのか。今はまだ、そこに結論を見出《みいだ》そうとは思わない。

私があの子を遠ざけ、傷つけたのは事実だ。どんなに考えたって、あの子の心の内側の複雑な思いは、一言では言い表せられないでしょうから。

だから私は、次に凛音と会ったら、ちゃんと会話をしようと思っている。

あの子の望むように、刃を交えて。

「眷属の中では……ただ一人、素直に言いつけを守ったのがミカよ。あの子は私を追いかけなかった。だけど、きっとそのせいね。本当はとてもいい子なのに、百鬼夜行での事件を起こさせてしまった。全部、全部私の命令のせいだ。でも、彼らを傷つけると分かっていても、大事な眷属たちを、身を滅ぼす戦いに参加させる訳にはいかなかった。私のような悪妖《あくよう》に、堕《お》ちて欲しくはなかった」

「……………」

「だからね、茨姫を生かそうとした酒呑童子の気持ちも、わかるの。私が同じ立場でもそうしたでしょうから。あの時は、お互いに、それしか選択肢がなかったのよ」

その言葉に、馨がぐっと、私の頭に自分の顔を埋《うず》めた。

彼の葛藤《かっとう》はわかっているつもりだ。

あの時、茨姫を置いていったことを、悔やんでいる。

でもね、一緒に死ぬ選択は、あなたには絶対にできなかったわ。

あなたはそういう人だもの。

「今世はね、最後の最後で選べる〝選択の余地〟を、増やしたいわ。そういう生き方をしたい。それって多分、もっと人間を知る、ってことだと思うのよ」

「……そうだな。あの時、俺たちが頑《かたく》なになって避けていたもの。人間たちと向き合うこと。俺たちが人間に生まれ変わった理由は、そこにある気がするんだ」

「偶然ね。私も同じ考えよ。最近、私は人間が嫌いではないの。むしろ凄《すご》いなって、愛おしいなって思える瞬間が多くなってきたわ。津場木茜だってそうよ。あんな退魔師は初めて見た。私たちの為に、本来仲間である者たちに刃向かったのよ」

「ま、生意気なところもあるがな。でもあいつ、やっぱり力がある。今日、チャンバラしていても思った。それに……恩だけは忘れてはならないな」

「ええ。忘れてはならないわ」

くすっと笑って、人間という生き物に対する思いを胸に抱きつつ、目を閉じる。

そしてお互いの存在に安堵《あんど》を抱き、すうっと、落ちるように眠りについたのだった。

《裏》茜、あいつらのことが知りたい。

なんだよ、あいつら。

訳がわからん。

襖《ふすま》越しに聞こえてきた、儚《はかな》いささやき声に、俺、津場木茜は混乱していた。

たまたま部屋の前を通りかかり、出来心で気配を消して聞き耳を立てたのだが、聞こえてくる話は、前世への懺悔《ざんげ》と、俺への感謝めいたもので。

は？　ふざけんなよ。

そうやって、俺への好感度をあげようって魂胆か⁉

……いやでもあいつらにとって、俺に媚《こ》びる理由は一つもない。

なんなんだ、マジで。ほんと意味不明。

しばらくして寝息が聞こえてきたので、寝たんだろうと思って自分の部屋に戻る。

「……眠れん」

あいつらが人様の家でぐっすり眠ってるってのに、俺が眠れん。

気になっているのだ。どうしても、あの二人のことが。

目を瞑《つむ》っているのに、脳裏に浮かぶのは、あの光景。

氷の首塚で酒呑童子の首を目にし、それに手を伸ばし、声もなく涙を流した、茨木真紀の姿。

大妖怪《だいようかい》、酒呑童子と茨木童子は、夫婦だった。

その事実を、俺はあの時、初めて知った。

ならばどんな思いで、前世の夫の首と、対面したのだろう。

天酒馨は、あの時、どんな決意で茨木真紀を迎えに来たのだろう。

俺は、あの天酒馨の狭間《はざま》の術で、あの二人のかつての姿と、その仲間たち、はるか千年も前の、狭間の国を垣間見《かいまみ》た。

だからこそ、色々と、考えてしまうんだ。例えば自分の大事なひとが殺されて、首を持って行かれて、それを見てしまって、自分だけが生き残って……

そしたらどうする？

追いかけるさ。どこまでも、どこまでも。

どこまでも、どこまでも、どこまでも……

憎いものを、殺すために。

○

『見つけたぞ、渡辺綱《わたなべのつな》。殺してやる、殺してやる……っ！』

誰だ？

嘆きと憎しみを帯びた女の声がした。

霧が立ち込めている。周囲は暗く、怪しい瘴気《しょうき》が充満している。

橋の上？　知らないはずなのに、どこか懐かしく感じる香りに、ハッと顔を上げる。

ひらり。目前を横切ったのは、赤い、髪。

そこには、大きな刀を持った女の鬼が立っていた。

女の鬼は、その刀を振るって〝俺〟に襲いかかる。俺は自分の刀でそれを受け止める。

必死だった。

この鬼に命を取られまいと、無我夢中で巧みな攻撃を躱《かわ》し、そして、俺はその女の鬼の腕を斬り落とす。

女の鬼は斬り落とされた腕の傷口を押さえながら、苦痛に表情を歪《ゆが》めていた。

しかしそれ以上に、大粒の涙を零《こぼ》して、泣いていた。

深い悲しみ、孤独、憎しみ……

全ての幸福を犠牲にし、手に入れたものによって、自身の体を蝕《むしば》まれている。

その姿があまりに痛々しく、嘆かわしく、俺はとどめをさすのをためらった。

そのせいで女の鬼は、刀だけを持って逃げてしまうのだ。

あの赤髪の女の鬼……

多少違いはあれど、あの顔は、茨木真紀を彷彿《ほうふつ》とさせた。

○

「……ッ」

息荒く、起き上がる。ざわつく胸元を、押さえながら。

幼い頃から、このような変な夢を何度か見てきた。

それらの夢は、呪いのごとく俺を引きずり込み、何かを訴えようとしていた。

「……チッ」

俺は布団から飛び出して、別の間へと急いだ。

そこには、預かっている宝刀・髭切が飾られている。

「お前……っ、俺に何を、言いたい」

刀は鈍い紫色の霊気を纏《まと》い、カタカタと震えている。

この家にいる何かに反応して、武者震いしてやがるのだ。

その何かは、察しがつく。

かつてその刃《やいば》で腕を切り落とした女の鬼——茨木童子。

その生まれ変わりである、茨木真紀だ。

「俺に、あいつを斬れとでも言うのかよ。ふざけるな……っ、てめえの因縁に、使われるつもりはないぞ」

あいつのこと、あいつらのことは、俺自身が判断する。

だからこそ俺は、もっと、あいつらを知らなければならないのだ。

第五話　化け猫と寒椿（下）

翌日、なんだか妙な気配がして、私は目を覚ました。

「馨《かおる》、起きてる？」

「ああ、真紀《まき》も気がついたか。……妙に空気が重苦しい」

お互いに声を掛け合い、重い布団から起き上がる。

ここは津場木《つばき》家の、客人用の和室だが、なんだか天井からのしかかってくるような、異様な霊圧を感じる。

私たちは上掛けを羽織り、内廊下へ出た。

長い長い内廊下。その気配をたぐり、最も妖《あや》しい場所を探って歩くと、

「じいちゃん、じいちゃんしっかりしろ！　今父ちゃんがかかりつけの医者を呼んでいる！」

声が聞こえてきた。ある部屋で、津場木茜《あかね》が、必死にその人のことを呼んでいる。その部屋の襖を、思わず開けてしまう。

そこで見たものは、津場木家の当主である巴郎《ともろう》さんが胸を押さえ、酷《ひど》く苦しむ姿だった。

彼の体に、呪詛《じゅそ》のようなものが浮かび上がっている。これは……

「ど、どうしたの……っ」

私たちは急いで駆け寄る。

「じいちゃん、昨日の晩〝呪詛返し〟の呪文《じゅもん》を唱えなかったんだ。呪いの身代わりになる形代《かたしろ》も作らずに。それで、朝から体調を崩して……っ」

「呪詛返し……って」

そしてやっと、この家を圧迫するような〝何か〟の正体を察した。

「お察しの通りだ、元大妖怪様方。津場木家は〝呪い〟を抱えているのだよ」

高熱に浮かされながらも、巴郎さんは掠《かす》れ声で、私たちに告げた。

呪い。……そうだ、この感じ、呪いの気配だ。

「我々は……津場木一族の血を受け継いでいるというだけで、ある時より呪いを背負った。それは、魔性の類《たぐい》と戦い続けてきた、宿命のようなものと言える」

「…………」

「この呪いを解く術《すべ》は、この世にないだろう。それだけ触れてはならぬものに、津場木家のある人間が、逆らったことがあるのだ」

「それは、いったいなんだ」

馨も問う。しかし、津場木茜も、巴郎さんも、それに答えられなかった。

「分からない。……それすら、分からないのだよ。だけど私は、のちの子孫に……この呪いを、残したくはない……」

そう言って、巴郎さんは気を失ってしまった。

なんて強い呪力《じゅりょく》。津場木の一族は、いったい何に手を出してしまったというの。

津場木茜は、また必死に巴郎さんを呼ぶ。

「はーい、呼ばれて飛び出てじゃじゃじゃじゃじゃーん。偉大な水連《すいれん》先生のお越しだよー」

突然、勢いよく襖が開いた。

この深刻な空気の中、嫌に明るい調子の、見覚えのある男が現れる。

「って、なんでスイが⁉」

「だって俺、津場木家のかかりつけの漢方医だしー。前に言ったじゃん。あ、でくのぼう状態の真紀ちゃんと馨君はどいてどいてー。あやかしの呪いを食うのは、結局あやかしなんだからさあ」

スイは巴郎さんの側に腰をおろすと、慣れた様子で容態を見て、持ってきていた道具を広げた。

スイをここに連れてきた咲馬《さくま》さんは「よろしくお願いします」と深く頭を下げ、あやかし嫌いの津場木茜でさえも、スイの行いを静かに見守っている。

スイが古い筆を一つ手に持ち、タンと片膝《かたひざ》を立てて構えると、この部屋の畳いっぱいに八卦図《はっけ》がボウッと浮かび上がる。

久々に見る。

これはスイの得意とする風水の術。

スイは大きく袖《そで》を振るい、宙に特殊な筆で卦《け》を描く。そこに紙など無くとも、スイの筆は空中に図や字を描くことができるのだ。

それは、陽を陰で包み込む、水を象徴とする卦。

「小成八卦・坎《かん》」

呪文を唱えると、スイの周囲に水の蛇が現れ、それがぽこぽこと水泡の音を響かせた。

スイの纏《まと》う水の蛇は、ぐるりと八卦の周りを囲い、自らの尾を噛《か》んで円を描く。そして、私たちすら巻き込んで、ここに円柱の水の結界を作るのだ。

ポコポコ……ポコポコ……

心地よい水の音。柔らかなスイの水の中に入るのは、いつぶりだろう。

下から上へ、全身を洗われるような水泡の流れに体を撫《な》でられる。

巴郎さんの体は、そんな泡に包まれて、もう見えない。

きっと、スイの風水術が巴郎さんを取り巻く呪いを食いつくしているのだ。

やがて水は、スイの周囲へと収束され、私たちはさっきまで見ていた水の幻覚より目を覚ます。

巴郎さんの顔色はよくなっていて、体を蝕んでいた呪詛も消えている。

すっかり容体も落ち着いたみたいだった。

「ふう。一応、今回の呪詛による効果は、俺の術で無効化したよ」

「……ありがとうございます。水連先生」

咲馬さんが深々とスイに頭を下げる。あの津場木茜ですら。

ただスイは少々、機嫌が悪く見える。

「この呪いは永続的なものだ。持病と思って付き合うほかない。日々の呪詛返しを忘れてはならないはずだし、呪いを体に受けることは、死と隣り合わせの苦しみを味わうことになる。たとえ死を回避したとしても寿命を縮める行為だ。巴郎さんがそれを忘れるはずは無い、と思うんだけど……」

蛇のような目がさらに細められ、鈍い妖気《ようき》の光が灯《とも》る。

「君たち、真紀ちゃんたちを、津場木の呪いに巻き込むつもりかい？」

いつもはお調子者のスイの口調が、ぐっと冷ややかなものとなった。

咲馬さんは何も言わず、津場木茜は「……え？　え？」と戸惑っている。

津場木家の呪い。

巴郎さんが私たちをここに泊まらせた理由は、それを、知らしめる為……？

私たちが想像していたより、この呪いは、ずっと厄介な代物のようだった。

「なるほどねえ……その〝呪い〟ってのは巴郎さんの弟さんが、格のある大妖怪《だいようかい》を怒らせて背負ったもので、その弟さんに血が近い者ほど、身に災いが降り注ぐ、と。しかも永続的な〝呪い〟だから、日々それに効果的な対処をしなければ、巴郎さんみたいに死にかけることがある、と」

その後、津場木家の呪いについて津場木茜より詳しく説明を聞いた。

どうやらその呪いには、日々の〝呪詛返しの術〟や〝願掛け〟が必要らしく、内容は各々の呪いの強度、種類によって違うらしい。

毎日効果的な方角に向かって祝詞《のりと》を唱えるとか、霊水でお清めをするとか、これをこうやって食べる、とか。

津場木茜は、それほど強い呪いを背負っている訳では無いらしいが……

「親父はしょっちゅう事故るし、俺も変な夢を見たり、足を机の角にぶつけたりする。あれ絶対、津場木家の呪いのせいだ」

「変な夢、私もよく見るわよ？」

「つーか机の角に足をぶつけるのなんて、お前の足癖が悪いせいじゃないのか？」

「ええいっ、うるさいうるさい！　俺が呪いっつったら呪いなんだよ‼」

私や馨がつっこむので、津場木茜はやけくそに言い捨てる。

その様子から見ても、なんだか津場木家の呪いというものに、少々疲れや諦《あきら》めを感じているように思えた。それと同時に、この津場木茜が、あやかしを嫌う意味も理解した。

あやかしによって背負わされた、呪い。

それのせいで、家族が苦しむ姿を、日々見ているからだ。

「ねえ、スイ。津場木家の呪いは、私の血では、どうにもならないかしら」

スイはちょうど縁側に座って、呪いに蝕《むしば》まれた体のケアに必要な霊薬を調合していた。

私の抱いた疑問に対し、薬研《やげん》でゴリゴリと生薬を砕いていたその手を止めて、どこか困ったように笑う。

「……無理だよ真紀ちゃん。いくら破壊の力を秘めた君の血でも、この津場木家の呪いを壊すってのは難しいだろう。この呪いは少々特殊なんだ。そう……かつて俺たちを苦しめた、あの〝神便鬼毒酒《じんべんきどくしゅ》〟に近い要素を秘めている」

「神便鬼毒酒……異界の、呪いってこと？」

「そうだよ。津場木家の人間が怒らせたのは、おそらく異界のあやかしだ。真紀ちゃんの血は、この家を取り巻く呪いを解く、一つの鍵《かぎ》になる可能性は十分あるが、それでもまだ、何かが足りない。俺もそれをずっと探していてね」

再び薬を調合するスイの姿が、椿と猫のいる、その景色と相まって絵になる。

「だって津場木家の呪いを解く手段を知るってことは、いつかのあの毒酒を、克服する手立てを知るってことに繋《つな》がるかもしれない。もう、意味はないかもしれないけれど……」

「……スイ、あなた」

スイがなぜ、憎むべき退魔師の一門を助けていたのか、その理由を私も馨も悟る。

スイは今もまだ、あの〝神便鬼毒酒〟を克服できなかったことを悔いている。

千年前の、かの狭間《はざま》の国の医者であった、自分のせいだと感じているのだ。

「おい、水連。あの時のことを、お前が悔いる必要はない。全ては、俺の甘さが原因だ」

「っはは。なんだい馨君この期《ご》に及んで。……そういうところが、本当に、甘いんだよなあ、君は」

スイは馨の言うことに、軽く声を上げて笑う。

そしてそのままこちらに顔を傾け、意味深に目を細める。

「俺だってねえ、別に後悔だけでこういうことをしている訳じゃない。ただの興味。好奇心。そして稼いで真っ当に生きていくため。俺があの寂れた薬局だけで食ってるわけ無いじゃん。こういうお得意様との繋がりがあってこそ、俺の商売は成り立つんだから」

「た、確かに……」

あの薬局に客が殺到してるところなんて、見たこと無いからね。

「それに今後、似たような事態に陥ることが無いなんて言えないだろう？　いつかの未来のために、それを克服する手段を知っておいて、損は無い」

「大丈夫。今世こそ、君たち二人を守るよ。そうでなければ、俺が今まで生き延びた意味など無いからね」

「……スイ」

スイはそんな言葉をさらっと告げながらも、相変わらずニヤニヤとして「あ、ミカ君がおもちゃんの激カワ写真送ってきた～」と呑気《のんき》にスマホを覗《のぞ》いている。

一方で、私と馨は何も言えなくなる。

いつもあんなに明るく振舞っているけれど、きっと、誰より彼は……私たちを……

「なあ、津場木家は、呪いを解くことができるのか？」

そんな時、さっきまで黙っていた津場木茜が、ぽつりと呟《つぶや》く。

「津場木家は、この呪いから解放される時がくるのか？」

声音こそ落ち着いていたが、その眼差《まなざ》しはとても強い。

「お前は、津場木家を呪いから解放したいのか」

「当然だ。この呪いのせいで、家族が死にかけるところを、何度も見てきた。特にじいちゃんと父ちゃんの呪いは強い。呪詛《じゅそ》返しである程度回避できるとはいえ、それでもこの呪いは、寿命を食っていく。周囲に影響を与える。運命を左右する」

それは理屈じゃない、と津場木茜は続けた。

連鎖反応のように、あちこちに影響を与えるものだ、と。

「姉ちゃんなんて好きで結婚するはずだった男の嫁ぎ先に、一方的に婚約を破棄させられた。大した呪いでもないのに、呪い持ちだからってな。俺だってそうだ。生まれた時からこんな髪色だし、俺のそばにいた同級生は、いつも怪我したり事故を起こしたりする。不自然なほどに、絶対に。だから俺は、友人なんてもう……」

ぐっと拳《こぶし》を握りしめ、悔しそうな、苦しそうな、そんな表情になる。

あと、その髪、地毛だったんだ……

「仕方が無い。仕方が無いと、誰もが言う。もっと酷《ひど》い呪いもあるんだから、この程度で済んで良かったと思わなければ、って。死ぬまで呪いと付き合っていかなければって。でも俺は、あやかしの呪いのせいで理不尽な目に遭う家族を、もう見たくない」

「あんた……家族が大事なのねえ。なんか意外だわ」

「は？　家族が嫌いなやつなんているのか？」

素直な顔して首を傾げる津場木茜。

「……俺にはお前が眩《まぶ》しいぞ」

「案外かわいいとこあるわねえ」

私と馨は、しみじみと。

家族が大事なことを、恥ずかしげもなく堂々と言い切る津場木茜に、また少し興味が湧いてくる。

「よし。なら私、津場木家の呪いを解くの、協力するわ」

津場木茜は「はあ?」とさらに思い切り首を傾げた。

私の言葉が、解せないという面持ちで、眉間《みけん》にぎゅっとシワが寄っている。

一方隣の馨は私の考えにすぐ気がついて、はああ、やれやれとため息をつくのだった。

「なんだそれは。情けのつもりか? お前らに力を借りたくてこんな話した訳じゃねーよ」

「ええ勿論《もちろん》。別に、あんたのためって訳じゃないわよ津場木茜。ただこれは、私自身のため。私たちの、未来の幸せのため。津場木家の事情に関わって、その呪いを解く鍵を見つけることが、私たちにとっても、未来の選択肢を増やすことに繋がると思うのよ」

「…………」

「まあ、ギブアンドテイクってことだ。お前は津場木家の呪いを解きたい、俺たちは過去を乗り越えて未来に繋げたい。お互いこの件で、何か協力できそうなことがあれば協力すれば良いってだけの話だ。別に、無理にとは言わない。義務もない」

馨が私の意図を汲《く》んで付け加える。

スイはやはり、縁側でニヤニヤとしていた。

津場木茜だけが、こんな私たちに対し、ますます訳がわからないという顔をする。

「なぜだ。お前たちは元あやかしなんだろう。俺みたいな退魔師に、散々苦しめられたんじゃねーのかよ。あんなことがあって、なんで……」

「なぜって……そりゃ、今世こそ幸せになりたいからよ」

それが、私たちの最大の目標。

夢のようなもの。

前世の過ちは繰り返さない。すでにスイが遠い先を見越して動いていたのだから、私たちがそれを傍観しているだけではいけないわ。


その日、巴郎さんは午後に目を覚まし、私と馨は安心して津場木家を後にした。

スイだけは巴郎さんの容態をもう少し見ていると、津場木家に残った。

津場木茜は、私や馨の提案が気になっているのか最後までむすっとしていたけれど、律儀に屋敷の外まで見送ってくれたっけ。

そりゃあ、あの子にはよく、わからないでしょうね。

なぜ、私たちがあの子の事情に関わろうとしているのか。

「退魔師は好きじゃないわ。それは今でも……」

「……そうだろうな」

「でもねえ、津場木茜には恩があるし、あの子のことは嫌いじゃない。それに、スイにだけ、あんな覚悟を、背負わせたくない」

私と馨が、帰りの電車の中で、ぽつりぽつりと本音の言葉を零《こぼ》しあう。

「スイはあやかしなのに、嫌いなはずの退魔師を救っていたの。稼ぐためって言ってたけれど、きっと、本当は、今の私たちを守るため」

「ああ。今でも……誰もが、あの時のことを後悔して生きている。水連も、ミカも、凛音《りんね》も……熊《くま》や虎《とら》が漫画を描いているのだって、そうだ。あの時のことを、誰もが忘れられないんだ」

「なら私に、何ができる？」

「俺に、何ができる……」

各々の出会いが、事情が、決意が交錯していく。

そこに意味があるのなら、きっと、繋がっていく……

ぼんやりと、そんな予感めいたものに胸をざわつかせながら。

「そろそろ浅草《あさくさ》かしら。由理《ゆり》に連絡入れておかなくちゃ。初詣《はつもうで》、ちゃんと待ち合わせ場所決めておかないと、浅草寺《せんそうじ》付近はごちゃごちゃしているから」

「ああ。由理は今年も若葉《わかば》ちゃんと来るんだろうな。ご両親は忙しくしているだろうから」

「……ねえ、馨。由理のことなんだけど」

私は、由理へのメールを打ち込む手を止めて、チラリと馨を窺《うかが》いつつ、控えめな声で尋ねてみた。

「由理の嘘、のことなんだけどさ」

「ん？　お前、何か思い当たる事があるのか？」

「いえ、これは本当に、ありえない話なのかもしれないけれど……」

私は少し迷った。ただの勘のようなものを、馨に言うべきか。

しかしその話を本格的に切り出す前に、電車が浅草駅へと辿《たど》りつく。

「なんだ。空気がおかしいな」

電車を降り、地下鉄から外へ出た途端に、まず馨が違和感に気がついて空を見上げた。

もうすっかり暗くなった、浅草の夕方。

人が多くザワザワと騒がしい。なんせ、今夜ほど浅草に人が集まる日はないからだ。

だけど私たちが感じ取っている違和感は、そういうのとは、だいぶ違う。

「真紀、この感じ……隅田川《すみだがわ》だ。隅田川に何かがあるみたいだぞ。急ごう！」

「え、ええ」

私と馨は急いで隅田川へと直行。そして感じ取っていた違和感の正体を知る。

「…………なに、これ……っ」

すでに隅田川の上空には、あるものが生まれつつあった。

約２００メートルの幅を持つ隅田川。

その川面《かわも》に浮上する、もやもやとした虹色《にじいろ》の気流を纏《まと》う丸い結界。

それは少しずつ、少しずつ、隅田川の霊力を取り込んで大きくなっているようだった。

生まれたての不安定な空間だ。まるで生き物のように、時々脈打つ。

「あー、もう隅田川は終わりでしゅ」

「化け物でしゅ〜。えいりあんの卵でしゅ〜」

「絶賛養分吸い取られ中でしゅ……」

ついでに気力を失った手鞠河童《てまりかっぱ》たちがぷかぷか水面《みなも》に浮かんでいる。

「あれは狭間だ！　何者かが隅田川に狭間を作ってるんだ……っ！」

「ここを歩く人々は、アレに全く気がついていないわね。願ったりだけれど」

当然、あのようなものが見えるのは、霊力の強い人間だけ。

故に、ただ一人川の上空に生まれつつあるものを、ここから見つめている少年がいる。

「……由理？」

あれは、私たちのよく知る由理だ。彼の足元に、川から上がってガタガタしている手鞠河童たちが集っていた。

ただ、由理の様子が少しおかしい。心ここに在らずという顔をしている。

そして、なんだかその存在が、酷く揺らいで曖昧《あいまい》に見えたのだ。

「由理！」

「いったいどういうことだ、これは」

私たちが駆け寄ると、彼はゆっくりとこちらを見据える。

……これは、由理？

由理がいつもと違う空気を纏っていたせいで、動揺した。

目の前にいる者の見た目は、確かに由理なのに。でも何かが、由理ではない気がする。

「二人とも……ごめん……っ」

そして、泣きそうな顔をして、由理は謝るのだ。

事情の分からない私たちも、深刻な事態だと悟る。

「由理、しっかりして。あなた今、どんな顔をしているかわかっているの？」

私は由理の腕を掴《つか》んで、弱々しく見える彼を揺さぶる。

「大丈夫。何があっても由理を見捨てない。だから、ねえ、どうしたの由理。なんであんた……っ、あ、あ、あやかしと同じ匂いになっているのよ！」

私も馨も、すでに由理の変化に気がついていた。

彼はもう、人ではない。

あやかしとしての霊力を纏い、あやかしとして、私たちの目の前に立っている。

「もしかして、お前、最初から……それがお前の〝嘘〟なのか……っ!?」

馨が声音を低め、じわじわと目を見開く。

私もやっと、自分が感じていた疑念に答えを出す事ができた。

「馨君、真紀ちゃん。僕はずっと、嘘をついていた。……僕は嘘つきなんだ」

どこからか雪のような羽根が舞い、頬を撫《な》でる。

月光を帯び、悲しく微笑む由理はあまりに美しく、それはもう、確かに人とは思えない。

「僕は、死んで人間に生まれ変わった訳じゃない。そもそも死んでなんかいない。千年前から今までずっと、僕は……あやかしの〝鵺《ぬえ》〟だ」


浅草の大晦日《おおみそか》。

点灯したスカイツリー越しに、月が私たちを見ている。

どうして今まで気がつかなかったのだろう。化けの天才とまで言われていた、鵺なのに。

いや、だからこそ、だというのか。

彼は姿だけでなく、細胞や血、纏う空気、醸す匂いまで、完璧《かんぺき》に人に化けきっていた。

私や馨に、バレるはずもない。

幼稚園で出会ってからずっと、私たちは共に育ってきたと思い込んでいたのだから。

《裏》由理、夢の終わり。

僕の名は……継見由理彦《つぐみゆりひこ》。

「…………」

その日、僕はいつも通りの朝を迎えた。

布団を出て、寝巻きにしている着物から普段着に着替えると、布団を畳んで押入れに仕舞う。そして、居間へ向かうために自室を出る。

居間には母と父がいて、朝の支度をしていた。

我が家は旅館を経営しているが、早朝は祖父母が旅館にいるので、この時間は居間に両親が揃っていることが多い。

「おはよう、由理彦。冬休み中だっていうのに、今日も早いなあ」

「おはよう父さん。早起きは三文の徳だからね」

居間のダイニングテーブルで、コーヒーを飲みながら新聞を読んでいた父さんと、笑顔で朝の挨拶《あいさつ》を交わす。

両親は年中忙しいので、ゆっくり話ができるのは朝くらい。

だから僕は、早起きをする。

「今日は忙しくなりそうだね。うちに宿泊して、浅草寺に初詣に行くお客さんも多いから」

朝のコーヒーと朝食を台所の母さんから受け取って、僕は父さんの向かい側に座った。

「まあ今日は、浅草の一大イベント大晦日だからな。どこも頑張っているしうちも負けていられないよ」

「僕も、手伝おうか？」

「いいや、年末まで子どもを働かせるわけにはいかない。せっかく何の稽古《けいこ》もない休日なんだ。それに、天酒《あまさけ》君や茨木《いばらき》さんと一緒に新年を祝ったほうが楽しいだろう」

「うーん、でも今年から、僕は邪魔じゃないかなー」

なんてぼやくと、父さんが耳をピクピクと動かす。

「あれ……いつの間にあの二人くっついたの？　父さんそれ聞いてないんだけど。その話、もっと詳しく聞かせなさい」

「父さんってこういう話、結構好きだよね」

「はあ。幼なじみの三人組なんて、三角関係にならないかとヒヤヒヤしていたが……。由理彦も浅草寺で初詣をする時に、かわいい彼女ができますようにって頼んでおきなさい」

「余計なお世話だよ、父さん。そもそも三角関係じゃないし……」

僕はコーヒーを飲みながら、ツンと答える。だけど、僕はこんな風に、父さんと他愛のない話をするのが大好きだった。

見た目こそ落ち着いた紳士風な父だが、この人は時々お茶目で面白い。

若々しく、気さくで親しみやすいのは、客商売をしているからかな。

「由理彦さん、夜は冷え込むから、初詣には温かくしていきなさいね。あなた時々、いやに薄着だから。あ、貼るかいろ持っていくといいわ。みんなの分も。いっぱいあるから」

朝食を食べおわると、母さんが朝のうちから、今夜初詣に行く僕の心配をした。

居間の棚を、さっきからゴソゴソと探って、大量の貼るかいろを取り出している。

「大丈夫、大丈夫だって母さん。もう何年、浅草寺のもの凄《すご》い人ごみを並んで初詣に行っているると思ってるの。ていうかそんなにかいろ貼ったら暑すぎるよ」

早くも貼るかいろを「えい」と背中に貼り付けようとしてくるので、僕はくるりと回避。

「んも～。由理彦さんって時々静かに反抗的よね！」

「年齢的には反抗期真っ只中《ただなか》なんだけど、僕」

「そうは言っても、由理彦は母さんよりずっと落ち着いているからな」

「ま、お父さんったら」

ぷりぷり怒る母さん。でも女性らしい柔らかさが損なわれることはない。

お嬢様育ちで、おっとりしていてマイペースだが、いつも我が子を信じ、惜しみない愛情で温かく包んでくれる。

「でも本当に、由理彦さんはすっかり落ち着いてしまったわね。小さな頃は、やんちゃで危ないことばかりして、とても手を焼いていたのに。あの頃が嘘みたい」

「……そうだっけ？」

「若葉も体が弱かったし、母さんも落ち着きがないから、兄としてしっかりしようと思ったんじゃないかい？」

「ま、お父さんったら」

「…………」

両親が幸せそうに笑っている。

彼らは、僕の大事な恩人だ。彼らを悲しませることがあってはならない。

「若葉、今年もお兄ちゃんについて初詣に行くって言うかしら。まあ由理彦さんがついているのなら何も問題はないけれど。ねえ由理彦さん、そろそろ若葉を起こしてきてくれる？　あの子、休みの日はお兄ちゃんが起こさないといつまでも寝ているもの」

「うん、わかったよ母さん」

「あ。お昼ご飯も用意したから、二人で食べてね。お母さんたち、今からまたつぐみ館に行かないといけないから」

「うん、わかった」

家族と一緒に過ごす、当たり前のような、かけがえのない朝だった。

そして僕は妹の若葉を起こしに行くため、居間を出る。

若葉の部屋に繋《つな》がる廊下の壁には、額におさめられたパズルの絵画が並んでいる。

オフィーリアは、いつ頃ここに加わるのだろうね。

「若葉。若葉、起きて」

いつものように、妹の部屋の扉をノックして起こそうとした。

しかし、なかなか出てこない。確かにあまり寝起きの良い妹ではないが、なんだか様子がおかしい。部屋の中から、カタカタと物音がするのだ。

「……若葉？」

僕は嫌な予感がして、慌てて部屋の扉を開いた。

ふわりと、冷たい風が頬を撫でる。

真冬だというのに部屋の窓が開いていて、風がカーテンをゆらゆらと揺らしていた。

積み上げられた本、床に広げて半分組み立てられた『オフィーリア』のジグソーパズル。

残っているパズルのピースが、花びらみたいに散らばっている。

足元にも一つあったので、思わず拾った。失くしたら大変だ。

「……ん」

若葉が目を覚まし、起き上がった。

しかし何かがおかしい。ぼんやりとしていて夢見心地というには、あまりに顔色が悪い。

「若葉？　どうしたんだい⁉」

僕が駆け寄って、語りかけてみても、何も答えない。

目は虚《うつ》ろで、体も冷たいのだ。

最初は体調が悪いのかと思ったが、違う。若葉の額に、花紋のような痣《あざ》がある。

「これ……は……」

知っている。初めて見たが、どこかで聞いたことがある。

これは〝夢喰《く》い〟の跡。

夢を喰うあやかしは低級から上級までいくつかいるが、これは……

「バーク～？」

そんな時だ。ベッドの下から、もぞもぞと出てきた何かがいる。

僕はゆっくりとベッドから離れ、それを見据えた。

鼻先が長く、白と黒の独特な毛並みを持つ獣――大陸の妖怪《ようかい》〝貘《ばく》〟だ。

「お前か。お前が、若葉を……いったいどこから、ここへと紛れ込んできた」

この僕が。この僕がこんな危険なあやかしの侵入に、気が付けなかったとは。

無意識かもしれないが、この貘はあやかしとしての気配をしっかりと断っていたのだ。

まるで……僕のようだね。

「でも、ごめんね。危険すぎるよ、お前は」

そして僕は貘に手を伸ばす。僕の中にある化け物の性《さが》が、毒が、ほんの一瞬我を忘れさせ、この獣を今すぐ排除しようと考える。

「お兄ちゃん!? ダメだよ!!」

そんな時、若葉がハッと我に返りベッドから飛び出した。

僕が掴《つか》み上げた貘を奪うように取り戻すと、その貘を胸に抱く。

そうか。若葉にはもう、こいつが見えているのか。

「今、何をしようとしたの、お兄ちゃん」

若葉が声を震わせている。今の、この僕が、恐ろしいのか。

「……若葉。それを、こっちに渡して」

「この子を、どうするの?」

「連れていく。誰にも触れられない、遠くへ」

「だ……っ、駄目だよ。この子怪我してるんだよ? 今見捨てたら、死んじゃうよ!」

「でも、それはとても危険なものなんだ。若葉は知らないだろう」

「そんなことない! 大人しくて、悪さなんて一つもしないよ。お兄ちゃんは、この子が見えているんでしょう? 同じなんでしょう? なら、守ってあげてよ!!」

「……若葉」

若葉は気が付いている。僕が見えていること。そして、僕が……

「ねえ……お兄ちゃんは、なんなの？」

「…………」

「どうしてお兄ちゃんは、人間じゃないの？」

「…………」

「お兄ちゃんは、なんでこの家にいるの！」

若葉の、畳み掛けるような複数の言葉が、折り重なった因縁を持つ言霊となる。

そして僕の嘘を、化けの皮を剝《は》がしていく。

そう。その通り。

僕は人間じゃない。この家に、ある瞬間から紛れ込んだ、ひとならざるもの。

あやかし。妖怪。……化け物だ。

「くく。面白いことになっているじゃないか、鵺《ぬえ》。お前ともあろうものが、妹に正体がばれていたことを、知らずにいたとはな」

窓辺からある者の声がした。かつての茨木童子の眷属《けんぞく》――凛音だ。

彼は若葉の部屋に入ると、不敵な笑みを浮かべて続ける。

「お前の負けだ、鵺。お前は妹に、最初から見破られていたのだ」

「……凛音……なぜ、君が」

「偶然とは面白いなあ、鵺。お前とは一切血の繫がりは無いというのに、この娘は〝玉依《たまより》姫《びめ》〟の体質だ。少し調べさせてもらったが、継見家とは元々その手の家柄らしい」

若葉が「玉依姫……？」と、その聞き慣れない言葉を気にする。

「やめろ、凛音……それ以上は言うな」

それ以上、若葉のためにならないことを言うな。

「まあ、貴様の心配も分からない訳ではない。玉依姫であれば、様々なあやかしに狙われてしまうものだからな。しかしいくらお前が守り、隠し続けたところで、すでに娘の方は力を目覚めさせつつあるし、様々なことを自覚しているぞ。……当たり前だな、貴様の人形では無いのだから」

「…………」

「貘は一度この娘の夢を喰らっただけで、今まさに、その力を放出しようとしている。自分の命を助けてくれた、この娘の願いを叶《かな》えるためにな」

「……若葉の、願い？」

僕はゆっくりと若葉の方に、視線を向けた。

若葉は一瞬戸惑いの表情を見せたが、ぐっと唇を結び、何かを覚悟したような顔つきになる。

それはもう、幼くかよわい妹とは違う。すっかり大人の顔をしている。

「さあ、知りたいだろう、継見若葉。兄の真実が」

「……知りたい。私は、知りたいんだよ、お兄ちゃんのことが！」

若葉のその切実な表情、意志の強い言葉に、僕の心臓がドクンと高鳴る。

「だから……っ、貘に私の夢を捧げます！」

その言葉は、一種の呪文《じゅもん》。

唱えられたと同時に、若葉の抱えていた貘が大声で鳴き、七色の光を放つ。

そのせいで若葉は意識を失い、そのまま眠ってしまった。

僕もまた、光に当てられ動けない。

この隙を見て、凛音は眠った若葉と貘を抱えて窓から飛び出した。

「若葉‼」

「この娘はしばらくオレが預かろう。なあに、追いかけてくればいいさ。夢の世界の、その最果てまで。お前が自身の嘘を認め、〝真名〟を妹に伝える覚悟があるのならな」

「……っ」

僕は二人を追いかけるために、上着も着ずに家を飛び出し、彼らの気配を探った。

どこだ。どこへ行った……っ。

「由理彦さん、何をそんなに慌てているの」

その時、ちょうど外に出てつぐみ館の出入り口を箒《ほうき》で掃いていた母に見つかり、声をかけられた。思わずビクリと、肩を震わせる。

「もうどこかへ行くの？　そんな薄着で、風邪をひいてしまうわ。温かくして行きなさいってさっき言ったばかりなのに」

僕は酷《ひど》く焦っていた。だけど母の心配そうな顔を前に、足を止めずにはいられない。

体が小刻みに震えて、仕方がない。

「ほら。やっぱり寒いのでしょう？　ええっと、貼るかいろが玄関にもあったはず」

「ま、待って。大丈夫。大丈夫だから……母さん。必ず、若葉を取り戻すから」

「……由理彦さん？」

僕の様子がおかしいことに気がついたのか、「どうしたの」と僕に向き直り、冷たくなった頬を両手で包む、優しい母。

思わず僕は、こみ上げてくる熱いものに、ぐっと胸を締め付けられた。

そして、母を優しく抱きしめる。

「大丈夫。大丈夫だよ、母さん。だけど、僕は……っ」

あなたの、本当の息子では、ありません。

「おい、どうしたんだ由理彦」

後から父も出てきた。

僕が薄着なので、自分の羽織っていた上着を脱いでこちらへよこそうとする。

「父さん、大丈夫だよ。ごめんね、ごめん。ずっと、ありがとう」

「…………」

僕の意味不明な言葉に、父も、母も、不安そうな顔をしていた。

だけどもう、僕は彼らからゆっくりと離れ、両親を振り返ることもなく、走り出す。

継見由理彦として過ごした大切な居場所を、去っていく。

大事な妹と、その家族の、平穏な暮らしを取り戻すために。

そして、妹に……本当の僕を、知ってもらうために。


「なんてことだ。あの貘が喰った若葉の夢を素材に、狭間《はざま》を作ったのか……」

妹や凛音の行方を追って、夕方暗くなるまで浅草中を捜しまわり、僕はそれを隅田川で見つけた。

隅田川の上空に浮かぶ、虹色《にじいろ》に歪《ゆが》む球体。

あれは、馨君が得意とする結界——狭間。

貘が作ったのか？

いや、おそらくこれを組み立てたのは、凛音。

京都の、晴明《せいめい》神社で相対した時のことを根に持っているのだろうか？

違う。そんな男ではない。

あいつの目的は、ただ一つ。きっと真紀ちゃんとの対決を望み、若葉を利用したのだ。

だけど、若葉もまた自分の意思で、貘の力を借り、凛音の誘いに乗った。

若葉はきっと、もうずっと前から僕のことに気がついていて、本当のことを知りたがっていたのだろう。

だけど、もう……こうなってしまっては、僕は……

「由理！」

よく知る、長く古い友人たちの、僕の名を呼ぶ声が聞こえた。

真紀ちゃんと馨君が駆けつけたのだ。隅田川に出現した、生まれたばかりの狭間の霊波を、きっと馨君が感じ取ったのだろう。

二人は僕を見て、ハッとした顔をしている。

もう、僕の纏《まと》う霊力の、その匂いの変化に気がついている。

「馨君、真紀ちゃん。僕はずっと、嘘をついていた。……僕は嘘つきなんだ」

そうだ。僕は二人とは、絶対的に違う。

最初から全然違う。

この二人は人間からあやかしになり、死して再び人間に戻った。

だけど僕は、あることを条件に、完璧《かんぺき》にその人物に化けきっていただけで、人であったことなど一度もない。

「僕は、死んで人間に生まれ変わった訳じゃない。そもそも死んでなんかいない。千年前から今までずっと、僕は……あやかしの〝鵺〟だ」

真紀ちゃんも馨君も、酷くショックを受けた顔をして、何も言えずにいる。

そりゃあそうだ。

今世で出会ってからずっと、僕ら三人は同じペースで歩み、成長し、新しい人生の思い出を綴《つづ》り続けてきたつもりだったのだから。

なんて酷い、裏切りだろうね。

僕は、君たちと同じだと言って、共感を分かち合うフリをした。

友の君たちすら、化かし続けてきた。

でも、もし僕が君たちにあやかしだと真実を告げていたなら、僕は君たちの隣には立っていなかったと思うんだ。いられなかったと思うんだ……

「真紀ちゃん、馨君」

それなのに、僕は縋《すが》ってしまう。

「助けてくれ……っ」

僕がずっと嘘をつき、裏切ってきた二人に。

「若葉が……若葉があの狭間の中に連れて行かれてしまった。僕が人だと、兄だと偽り続けたせいで、あの子は。こんなこと、若葉の人生を狂わせてしまうと、わかっていたはずなのに……っ」

なんて愚かなのだろう。

許してほしいと言う前に、助けを求める、こんな言葉が出るなんて。

だけど……

「「助けるに決まってる!!」」

君たち二人は、声を揃えて言い切った。

当たり前だと言いたげな、怒ったような顔をしてこちらに迫るものだから、僕は思わずのけぞる。

そんな僕を、真紀ちゃんと馨君がガッと掴《つか》んで引き寄せた。

そして、三人で頭をくっつけあう。

「あやかしだったから、何だっていうの。私たちにとって、由理は由理なの！　嘘つきだなんて、絶対に言ってやらないから！」

「そうだ。お前は俺にとって、代わりのいない理解者。もうずっと昔から、親友なんだぞ。俺たちすら化かしきったことは、流石と言っておくがな」

かつて悪名高かった鬼の言葉とは、とても思えない。

それほど熱く、熱く……まっすぐな言葉。

嘘をつかれていたのに、僕を責めることなど、二人は一切考えていないのだ。

流石だ。器の違いを、見せつけられた気もする。

今の僕にとってそれが、どれほど心強く、どれほど、救われる言葉だったか。

「ありがとう、二人とも」

嘘がバレてしまったのなら、君たちの隣には立っていられないと思っていた。

だけどやっぱり、僕には君たちがいるんだね。

たとえ宿り木を失うことになろうとも、僕はそれを、もう恐れたりはしない。

第六話　嘘暴く、夢世界

由理《ゆり》。あなたの大切なものを必ず助ける。

嘘なんて、私にもあった。だけどあなたはいつも通り私に優しかったじゃない。

私も、馨《かおる》も、嘘すら超えていくほど、あなたのことが大好きで大事なのよ。

絶対的な味方でいる。あなたを肯定し続ける。

嘘つきだなんて、一言も言ってやらないわ。


「若葉《わかば》は、中国より連れてこられた〝貘《ばく》〟というあやかしを、自分の部屋に匿《かくま》っていた。おそらく、隅田川《すみだがわ》からこの浅草《あさくさ》へと紛れ込んだ外来種が、この貘だ」

「……貘。夢を食うあやかし。聞いたことはあるけれど、見たことないわね」

由理はこれまでの経緯を語り終えると、今後について話した。

何はともあれ、あの狭間より若葉ちゃんを助け出さなければならない。

「馨君、頼む。未知の狭間を相手にする為に、君の眼と力を借りたい」

「わかった。狭間のことならば、俺に任せろ」

「真紀《まき》ちゃん。君はここで待っていた方がいい。おそらくあの狭間には凛音《りんね》君がいる。きっとこのような機会を窺《うかが》っていたんだ。彼は真紀ちゃんの命を狙うかもしれない」

「何言ってるの。凛音がいるのなら、なおさら私も行かなくちゃ。若葉ちゃんの一件にあの子も関わっているのでしょう。ビシッと叱ってやるわ」

隅田川の上空には、すっかり大きく膨れ上がった、虹色の風船みたいな狭間がある。

どれくらいの人々が、あれに気がついているのだろう。浅草に住むあやかしたちは、今頃大慌てでしょうね。

「だけど僕らがここを離れると、この狭間が及ぼす外界への影響に対処できない。どうしよう……」

「俺がいるぞ！」

そんな時、背後から声がした。

振り返ると、ふよふよと宙に浮かんであぐらをかいている大黒《だいこく》先輩、いや浅草寺《せんそうじ》大黒天様がいる！

「おかしいと思って来てみたら、めでたい大晦日《おおみそか》にヘンテコなデカブツが出来上がってるときた。こんなのはいかん！　こんなのはめでたくない！　この浅草寺大黒天が、浅草に訪れる人間たちを守ろう」

「おお……」

なんて頼もしい。さすがは浅草の神様。

「でもいいの？　大黒先輩。今日は浅草寺も大変でしょう？」

「浅草寺の本尊は観音様だし、他にも祀《まつ》られている神は多くいる。俺がこっちに来てたって問題はないだろう。こんな日こそ浅草の民を守らねばな。しかし俺の影響力は隅田川の半分までしか及ばないぞ。あっちからは墨田《すみだ》区だから……」

「神様の縄張りも区で分かれてるの？」

区は、隅田川を挟んで浅草のある台東《たいとう》区、スカイツリーのある墨田区に分かれている。陸続きならここら辺を曖昧《あいまい》にできるらしいが、これほど巨大な川を挟んでいると、はっきりとした線引きとなって影響力が途切れてしまうのだとか。

「ならば墨田区サイドの加護は、本所《ほんじょ》総鎮守の牛嶋《うしじま》神社に願い出てみよう。牛嶋神社の牛《うし》御前《ごぜん》様であれば、その役割を担えるはずだ」

ここぞと現れたのは、スーツ姿で強面《こわもて》の浅草地下街の大和《やまと》組長だった。

「おおっ、大正解だぞ大和坊。珍しく冴《さ》えているではないか」

「げ、こっちこないでくださいよ大黒天様」

大黒先輩が嬉々《きき》として、組長の頭をグリグリ撫《な》でる。

「わははは。お前も張り切って、あの牛鬼《ぎゅうき》のドS女神に頭を下げるんだぞう。あの女神はお前が地べたに這《は》いつくばって土下座するのを見るのが、たまらなく好きだからなあ」

ああ、組長が浅草の神様にパワハラを受けて、しっかり固めたオールバックがぐしゃぐしゃに……でも助けようもない。

大黒先輩は次に、由理に視線を向けた。

「そういうことだぞ、由理子。お前は外のことは気にせず、攫《さら》われた妹を救うのだ。そして、そのあとのことも……俺がなんとかしてやる」

「はい、大黒先輩。……いえ、浅草寺大黒天様」

大黒先輩の、何もかもを見通したような慈悲深い言葉に、由理も深く頭を下げた。

「さあ、行こう、みんな」

「ああ」「ええ」

いざ狭間《はざま》へと、張り切ったのはいいものの、

「で、宙に浮いたあそこにどうやっていく？」

こんな風に最初からずっこける。我々はずっこけ三人組。

「こんな時こそ僕の出番です！」

「ミカ!?」

ここで満を持して現れたのは、ミカだった。

隅田川の異変に気がつき、走ってここまで来たのか、ハアハアと息を切らしている。

腕には呑気《のんき》な顔をしてぺろぺろキャンディーを舐《な》めるおもちを抱えているから、重かっ

たんでしょうね。

「僕が八咫烏《やたがらす》に戻って、皆様をあちらまで、お送りします。……ハア、ハア」

「急いで走ってきてくれたのね、ミカ。ありがとう。偉いわあ」

すでにへばっているミカではあるが、彼は力を振り絞り、巨大な八咫烏になる。

三本足と、黒く勇猛な翼を持つ、神話の時代より生きている神鳥。

「おお、いつもはちっこいくせに、この姿は相変わらず勇ましいな」

馨が感嘆の声を漏らした。それほど美しく気高い姿だった。

さあ、いざゆかん。私たちはミカの背に乗り、空中に浮かぶ虹色《にじいろ》の狭間へと向かう。

狭間の表面は七色にうねる濃い霧が密集している。試しに、適当にその霧を突き進んでみるが、すぐ外界に弾《はじ》き出されてしまった。

馨が〝神通の眼〟を凝らして、この巨大な狭間の表面から、小さな綻《ほころ》びを見つける。

「入るには小さいが、そこを狙うしかない。真紀！　どんぐり爆弾よーい！」

「はーい」

私は、馨が指示した綻びの一点に向かってどんぐり爆弾を投げ込む。

はい、ドーン。

「うわっ」

爆発した一点が、パズルのピースのようなものを無数にちりばめたと思ったら、今度は巨大な渦を巻いて我々を吸い込んだ。

私はおもちを抱きしめたまま、思わずぎゅっと目を瞑《つむ》ったのだった。


「……ん？」

ピチチチ……小鳥の鳴き声がする。

目を開けるとそこは、巨大な木々や花々、きのこなんかに囲まれた森だった。

下を見れば、パズルピースの形をしたレンガの道があり、童話の世界観のようで可愛い。

「なにここ。随分とメルヘンな狭間ね。植物が巨大だなんて」

「いや、俺たちが小さいんじゃないか？　手鞠河童《てまりかっぱ》の見ている世界だな」

小人の見ている世界というより、手鞠河童の見ている世界と言ってしまうあたり、私たちったら生粋の元あやかし。

「!?」

あちこちから、うふふ、あははと、囁《ささや》きのような笑い声が聞こえ、びくつく。

そよぐ風にのって、周囲の植物が語りかけてくるのだ。

『クスクス。珍しい、人間がいるよ』

『ここは人間の文明が滅び、植物の支配する世界』

「…………」

私たちは顔を見合わせる。

「えーと、なんか謎のディストピア設定が聞こえてくるんだけど、どういうこと？」

「そういえば若葉は時々、自分以外に誰もいない、植物ばかりの世界で彷徨《さまよ》う悪夢を見るって言ってた。その影響かな。それ以外にも若葉の趣味を感じる。パズル要素とか」

「ほー。なるほど。狭間ってのは主《あるじ》の趣味や、思想が出てしまうものだからな」

ふむふむ。この狭間を構築するものや世界観は理解した。

『水晶宮を探すといいよ』

『そこはオフィーリアが水に抱かれ眠る場所』

『でもそこに入る権利を得るには、まず騎士と守護獣を倒さなくちゃ……』

サワサワと風のそよぐ音に乗って、また植物たちのささやき声が聞こえる。

これまたファンタジーな謎設定が……

「ねえ、水晶宮ってなにかしら？」

「つーかオフィーリアって誰だよ」

私たち、純和風な元あやかしなのでついていけない。私と馨は疑問符だらけ。

「水晶宮ってのは……もしかしたら、若葉がいつも植物をお世話しているサンルームのことかもしれない。オフィーリアは、ジグソーパズルの影響だと思う。僕、クリスマスプレゼントに、ミレイの絵画『オフィーリア』のパズルを贈ったんだ」

「あー。女の人が水の上に浮いてるあれか」

「いっとき展覧会のポスターでよく見たわね」

由理は「なんか凄《すご》く趣のない表現だけど、それ……」と頷《うなず》く。

「水晶宮というところに、若葉はいるんだと思う」

「オフィーリアってのは若葉ちゃんのことを示しているのかしら」

「多分ね。しかしオフィーリアは死の暗示だ。……この狭間に夢が食いつくされてしまえば、若葉は死んでしまうということかもしれない」

由理の心配そうな言葉に、

「狭間は膨大なエネルギーを必要とする結界術だ。一刻も早く若葉ちゃんを助け出し、その後この狭間は解かさなければならない。そうしなければ、最悪の事態になる」

馨もまた厳しい表情で、視線を横に流す。

「馨君、君になら狭間を解かすことができるかい」

「ああ。その為にはこの狭間を調べ、必要な術を施していかないといけないがな」

「若葉ちゃんの居場所も、馨なら調べられるんじゃやない？」

「今からこの狭間に干渉して、探ってみる」

馨は自らが持つ〝神通の眼〟をスウッと細め、宙に片手を掲げると、

「狭間情報、解錠」

そう唱え、手を横にスライドさせる。

すると狭間構築時に用いた陣や、古い妖記号《ようきごう》が羅列された半透明の表示画面が、ポンポンポンと連続的に宙に出現した。

これは霊力で作った〃霊紙《れいし》〃という。この狭間へ施された命令を、馨の〃神通の眼〃が盗み見て、自動でこれに写し書きしたのだ。

パソコンでいう、ハッキングに近いかもしれないわね。

馨はこの霊紙を、私と由理に一枚ずつ配布する。それを見れば、狭間の構造や、素材、強度、霊力の流れなどを知ることができるらしい。

「なるほど。この狭間を形成する素材は、主に貘の夢喰《く》いの力で食べた若葉ちゃんの〃夢〃と、彼女の育てた〃植物〃だ。狭間を安定させる金属成分が少ないのが気になるな……」

「へえ。これを見たら色々とわかるのねえ」

流石は馨。狭間のこととなると、頼もしさが段違いね。

最近、かつての酒呑童子《しゅてんどうじ》が持っていた〃神通の眼〃を開眼させたおかげで、使える術の幅も広がった。千年前に編み出した術に、今の馨が今世の知識でアレンジを加えていることも多い。

「見ろ。エネルギーは狭間の一点から植物の根を通じて狭間中に供給されている。ようは、核となる場所があるということだ」

「それが水晶宮ってことかい、馨君」

「おそらくな。しかしまだまだ遠い。ここは上層に位置し、中心層へ降りていく道を探さなければならない」

「はあ〜。まるで迷宮だわ」

「狭間はロマン溢《あふ》れるダンジョンだぞ真紀。心して挑むように。……以上」

悠長にしている場合ではないので、馨に案内されながら、私たちはこの狭間という名の未知なるダンジョンを突き進む。

ここは今まで入ってきた狭間と違い、夢見る少女のファンシーな空間設定である。

巨大なお花たちが「こんにちは」「ハロー」「花の蜜《みつ》を入れたお茶はいかが」と話しかけ、誘惑してくるのも不思議。ここに咲く花は、どれもこれも、若葉ちゃんがサンルームで育てているものばかりだと、由理が語った。

「若葉はね、植物の気持ちがなんとなくわかるんだ。あの子はその声に従い、季節関係なく、育てている花を咲かせることができる」

「それは玉依姫《たまよりびめ》の逸材、というやつじゃないか。いわゆる巫女《みこ》体質のあるものを指す」

「ああ、そうだよ」

それって……それって、藤原公任《ふじわらのきんとう》だったころの、あなたの娘と同じ体質じゃない、由理。

もしかして、だから由理は、若葉ちゃんの側にいたというの？

「あ、あの茨姫様《いばらひめ》」

「ん？　どうしたのミカ」

「あそこに変なあやかしがいるのですが……」

今まで小カラス姿で大人しくしていたミカが、片方の羽でそちらを指す。

なんと巨大なフキの下で震えている、白黒の獣を発見。

「バ、バーク～……」

あらかわいらしい。

おもちとそう変わらない大きさなんだけど、鼻がちょっと長くて、象みたいな……

親近感でも湧いたのか、おもちがその獣に近寄る。

どうやらお友達になりたいみたいで、「ぺひょっ」とフリッパーを差し出して握手を求めるも、警戒しているその獣にガブッと咬《か》まれてしまった。

「べひょおおおおっ！」

おもち、痛そうに転げ回る。ミカが「おもち～っ！」と涙ながらに救出へ。

「ていうかあれ……噂の貘じゃねえ？」

「しかも首から下げたプラカードに『守護獣』って書かれてる……」

確かさっき、若葉ちゃんの眠る水晶宮に入るには『騎士』と『守護獣』を倒さなければならないと、そよ風にのって聞こえた植物の声がささやいていた。要するにこの貘が、倒すべきものの一つである、守護獣……

私たち三人はお互いに頷きあうと、一斉にその獣に飛びかかり、捕獲を試みる。

しかし貘も必死だ。まだ子供のようだが、「バーク～」と鳴きながら、我々の腕の隙間をすり抜けて逃げる。

貘め！　とろそうな見た目のわりに、逃げ足の速いやつ！

「……ん？」

そんな時、どこからか地響きがして地面が揺れだした。

「おい！　背後から某配管工のゲームに出てきそうな人食い植物が、群れを成してこっちに来てるぞ！」

「えええええええ」

パック、パックと、歯の生えた人食いいちごが口を開けたり閉じたりして、私たちを噛《か》み砕こうと猛スピードでこちらに突進してくる。

展開がめまぐるしく訳がわからないが、その流れに乗り遅れたらそこでゲームオーバー。

ファンシーな狭間《はざま》だというのに、生易しい世界ではないみたい。

「侵入者は排除ってか。あれに食われたら最悪死ぬな」

「真紀ちゃんどんぐり爆弾は!?」

「最後の一個がある！」

というわけで、はい、最後の希望どんぐり爆弾をポイ。人食い植物大爆発。

こんな大きなキャンプファイヤーも、そうそうないわねえ！

「あーっはっはっはあ！　浅草の絶対ヒロイン、茨木《いばらき》真紀様の超火力に敵《かな》うと思って？

いちごジャムにして毎朝パンに塗って食べてあげるわ！　燃えろ燃えろ～」

「真紀さんの高笑いが止まらないな」

「ジャムどころか消し炭になってそうだけど……」

しかしこの爆発が、あまりに激しすぎたのか。

突然足場がぐにゃりと歪《ゆが》んで、パズルのピース形のレンガ道がガラガラと崩れ――

「え、え、え」

「落ちるっ‼」

いや、落ちているのではなく崩れた足場から吸い込まれているのだ。そのせいで、カラス姿のミカですら浮上できない。

そしてそのまま、私たちは奈落《ならく》の暗闇へと誘《いざな》われてしまったのだった。


「――はっ」

気がつけば、そこは遠い昔に忘れ去られたような、古い聖堂の中だった。

壁と天井の荘厳なステンドグラスは、色とりどりのキラキラした光を、この廃墟《はいきょ》に落としている。

私はその聖堂の祭壇で、薔薇《ばら》の花まみれになって寝転がっていたのだった。

「あれ。なんで私、こんな薄っぺらい白のワンピース着てるのかしら？」

聖堂に似合う、清純な聖女様風？　誰の趣味かしらね。

「あれ、馨も由理もいない。ミカも、おもちもいない！」

どこどこどこ、と祭壇の上に這《は》いつくばって、落ちてるかもと下を覗《のぞ》いたりしてみるが、やはりいない。落ちてない！

なぜかここには、私だけだ。

「ようこそ茨姫」

その時、カツカツと革靴の音を鳴らして、奥の陰から出てきた男がいた。

元眷属《けんぞく》の凛音だ。彼は目を細めニヤリと笑う。

「……リン。お前がここに、私を呼んだの？」

「そうだよ、茨姫。継見《つぐみ》若葉を利用してね」

「そう言えば、私が怒ると思ってる？　でもあんたがそういうことを自分から言う時って、だいたいそうじゃないのよね」

私はするりと祭壇から足を下ろし、白いワンピースを翻しながら数段の石段を降りる。

素足で床にはびこる茨《いばら》の上を歩き、一歩一歩、凛音に近づく。

「凛音が若葉ちゃんをここに閉じ込めたの？　いいえ、違うわね。あんたがどこで若葉ちゃんと知り合ったのかは知らないけれど、この空間は若葉ちゃんの強い意思を感じる。それこそ、願望のような」

「ふふ、その通りだとも。オレは狭間の構築を手伝ったに過ぎない。あの娘は自らの夢を貘に差し出し、あえてここに閉じこもった。自分の兄が、真実を携えて迎えに来るのを待っているのだ」

「真実……か。でもそのせいで、若葉ちゃんは死んじゃうかもしれないわ」

「当然と言えよう。欲しいものを得るには、それくらいの覚悟がなければ。あの娘には、それがあったという話だ」

「…………」

私は眉間《みけん》にしわを寄せ、様々なことに思いを巡らせる。

だけど、これはもう、彼ら兄妹の決めることだ。

私にできる事といえば、二人が納得のいく結論を出す手助けをするということだけ。

「ところでリン、あなたこの狭間の騎士なの？」

「は？　騎士？」

凛音は鼻で笑い、呆《あき》れたような声で「前にもそんなことを言った奴がいたな」と答える。

なんのことだかわからないが……

それにしても凛音、いつも以上に青白い顔をしているな。

「若葉ちゃんは水晶宮ってところにいるらしいんだけど、彼女を助けるには〝騎士〟と〝守護獣〟を倒さなきゃいけないらしいの。あんたが騎士だと言うのなら、私、あんたをここで倒すわよ」

すると凛音は、目を僅《わず》かに光らせ、

「いいね、それ。やろう」

血の足りてなさそうな青白い顔のまま、賛成する。

本当に戦うことが好きなんだから。

「でも騎士って言っても何にも乗ってないわよね、あんた」

「馬か？　騎士になるには馬が必要なのか⁇」

マジな顔をして馬をどこからか連れてきそうな勢いだったので、私は首を振る。

「まあ、姿形の問題じゃないと思うわ。ぱっと見は銀髪の騎士様っぽいし。……さあ勝負よ、凛音」

「オレが勝ったら、茨姫はオレの眷属だ。異存はあるまい」

「前からそう言ってたものね。ええ、いいわ。でも私が勝ったら、あなたには……うーん、そうね。あの〝貘〟について色々と教えてもらうわ」

「ふん。いいだろう」

そして腰に差した刀を一本、こちらへと差し出す。

凛音から受け取った刀を鞘《さや》から抜き取ると、ぬらりとした白銀の刃《やいば》に、赤い霊力の揺れる自らの瞳《ひとみ》が映り込む。一度目を閉じ、そして……

「いざ、尋常に勝負!!」

茨木真紀VS凛音！

特にゴングが鳴り響いた訳ではないが、お互いの刃を交えた瞬間の火花が、私たちの戦いの幕開けを彩る。

凛音の太刀筋は相変わらず鋭く無駄がない。自信と技術に裏付けられ、さらには茨姫との戦いを想定した攻撃を繰り返す。

「ふふ……っ、流石ね凛音。私の甘いところばかり攻めてくる」

「当たり前だ。あなたの太刀筋など、とうの昔に見極めている！」

金属のぶつかり合う音が、よく反響する場所だ。

凛音が薙《な》いだ刃が私の首筋をかすったかと思えば、私がくるりと軽やかに回り長い髪に隠して突いた一撃を、凛音が避《よ》ける。

はるか昔、千年前も、こうやってよく手合わせをした。手合わせというには、あまりに本気の〝殺し合い〟だったけれど。

でも、私が凛音に負ける事はなかった。

凛音が弱かった訳ではない。ただ、この子は……

「ねえ、凛音。戦いながらでいいから教えて。どこで若葉ちゃんと知り合ったの？」

「オレは鏌を追っていただけだ。その中で継見若葉に辿《たど》り着いた。あの鵺《ぬえ》は人に化け、一般家庭に忍び込んでいたから、面白い事態になるだろうとは思っていたがな」

「うそ。もしかして由理がまだあやかしだって気がついてたの？　私、今までずっと気がつけなかったのに……やっぱりあんたは凄《すご》いわね、リン」

素直に褒めると、凛音はなんとも言えないイラッとした顔をする。

ミカやスイと違って、昔から褒められることを好まないのも、凛音の特徴だ。

そういう瞬間って、ちょっとだけ剣撃が荒くなるのよね。

今も会話しながら、私たちは刀と刀で、命のやり取りをしているんだけど。

「はっ。全てはあの鵺の傲慢《ごうまん》が生んだ結果だ。なあ茨姫よ、そもそも本物の継見由理彦《ゆりひこ》はどこにいるのだと思う？」

「本物の……継見由理彦？」

「そうだ。あの家族には、確かに継見由理彦という長男が存在していた。ある瞬間までな。しかし鵺は、継見家に紛れ込む為に、本物の継見由理彦を食べたのさ」

「…………」

思わず、目を見開く。瞬《まばた》きもできない。

由理、いえ鵺が、本物の継見由理彦を食べた？　人間を？

「あ、ありえないわ……っ、でも」

それならばあの精巧な化けの技術にも納得がいく。

だって、若葉ちゃんとは確かに兄妹の匂いがしたもの。それは、同じ両親から分け与えられた、体を流れる血の匂いだと、私は思っていたのだ。

人間を食い、その肉体情報を自らの変化の術に反映したのであれば……

「自分の兄がひとではないと知りながら、それでも兄として慕う継見若葉を、オレは少し哀れだと思ってしまったよ。兄を知りたいと思うが故に、あの娘は、兄を失うことになるかもしれない」

正体がばれたあやかしの末路を、知らない私ではない。

由理の真実。長年、そのことに気がつかなかった自分に、腹も立つ。

だけど、由理はきっと、もう……あの家を……

「!?」

こちらが物思いに耽《ふけ》っていると、凛音はその隙を見て私の背後を取る。

「終わりだ茨姫、あなたの負けだ！」

とどめを刺すつもりだ。しかし——

「それはどうかしら」

私は微笑をたたえ、足場を爪先でトントンと蹴《け》る。

すると、今まで素足で踏んでいた茨が、凛音を囲う形で高々と爆発した。

凛音は、私が素足だったのを見逃していたのだ。戦い、語りながら、この辺をぐるっと歩いて茨に小さな爆弾を仕掛けていた。神命の血という、爆弾を。

「――なっ」

凛音の足場が丸く崩れ落ちる。やはりそれは、パズルのピースのように、ガラガラと。

見下ろす私の視線、見上げる凛音の視線が、重なり合った。

「…………私を誰だと思っているの、リン」

落ちていく凛音に、勝ち誇った笑みをたたえて告げる。

凛音は最後まで、刀を携え足を血まみれにして立つ私を見ていた。


真っ赤な鮮血が、薔薇の花と、この指の隙間を伝って、ポタポタと溢《あふ》れる。

「…………っ」

「あら、目を覚ましたかしら、凛音」

落下した場所から抱えて運んできた凛音に、私は膝枕《ひざまくら》をしていた。

凛音はすっかり気絶していたけれど、私が薔薇を握って絞った血を口に含むと、静かに目を覚ましたのだった。

口の中の血を、ゴクリと飲む。そして、紫と金の美しい瞳を見開く。

「茨姫。どうして。なぜ刀でとどめをささなかった」

「どうしたもこうしたも、あんた貧血状態だったんだもの。最近、ほとんど血を飲んでないでしょう」

私は最初から、そのことに気がついていた。昔も、そうだったもの。

かつて茨姫は、自分の血を狙い、勝負をしかけてきた一角の吸血鬼をコテンパンに打ち負かした。それが凛音である。

吸血鬼にとって命の源である血が不足し、随分と弱っていた。だから茨姫は、自らの特殊な血を与える代わりに、眷属《けんぞく》に下るよう彼に命じたのだ。

凛音は私から視線を逸《そ》らしつつ、

「……不味《まず》い血ばかりだ。どいつもこいつも、茨姫に比べたら」

「あんたグルメすぎるわよ。私の血は特別なのよ？」

「ふん。あなたがその味を、オレに教え込んだせいだ」

「まー、相変わらずわがままな三男眷属だこと」

やはりどこかつんけんとしているが、先ほどまでのピリピリとした殺気もない。

凛音はこの状況を受け入れた訳ではなさそうだったが、ある意味で諦《あきら》めているように見えた。

それが、どのような形でも勝負で負けた後の凛音の、懐かしい様子でもある。

この子はいつも、勝負の後はちょっとおとなしくて、可愛いのよね。負けたショックで放心状態ってのもあるんでしょうけれど。

「ねえリン、約束だったでしょう？　私が勝ったら、あの貘について教えてくれるって。そもそもどうして貘を追っていたの？　もしかして、あの日の隅田川でのクルーザーの爆発って……リン、何か関わってる？」

「オレは狩人《かりゅうど》を追っていて、奴らの船をちょっと叩《たた》いただけだ」

「狩人？　あなた、狩人と関わりがあるの？」

そういえば凛音は以前も、ルーと狩人の関係を知った上で、ルーに協力をしていた。

もしかして、凛音は狩人に囚《とら》われたあやかしを、助け続けていた……？

「ふっ。あやかしを捕らえて私利私欲で売りさばく輩《やから》には、虫酸《むしず》が走るのさ。オレみたいな絶滅した種族で、なおかつ美麗で有能なあやかしは、ああいう連中に嫌というほど狙われてきたからな」

「いいこと言ってるのか、ナルシストなこと言ってるのか、ちょっとよく分からないわね」

「……茨姫よ。あれらは陰陽局《おんみょうきょく》とは訳が違う。とにかく危険で、非道な存在だ。正義や大義など一つも掲げておらず、それはただのビジネスにすぎない。輩はすでに浅草にまで魔の手を伸ばしているぞ」

「なんだかそういう不穏な話、前にも聞いたわ」

「今回は貘の脱走騒動で済んだが、次はどうなるかわからない。これを機にあいつらは浅草のあやかしに興味を示すだろう。その中で茨姫の存在を知り……興味を示されるようなことがあっては、困るのさ」

「あら。もしかして私の心配してくれてるの？」

「…………は？」

さりげなく聞いたつもりだったのだが、凛音はまたなんとも言えない複雑な顔をする。

そして私の膝に載せていた頭をガバッと起こすと、気取った様子でそっぽを向く。

「図にのるなよ茨姫。オレはあなたの血を、一滴残らず自分のものにしたいと考えているだけだ。そうすれば長年空腹に苦しんだり、まずい血を飲む必要もない！」

「ふーん、まあそれも本音でしょうけれどね、リン。でも……」

もしかしたら、凛音はずっと、ずっと私の為に動いているのではないだろうか。

まずそう言っていたのは、馨だ。

ルーの事件、そして京都の事件……全て、私の真実を馨に伝える為に、順序立てて仕掛けたものだった。そんなこと、本人は絶対に認めないでしょうし、ただの私の自惚《うぬぼ》れ、願望かもしれないけれど……

「でもね、リン。あんたはあの時、私が絶対に馨に言わないことを、代わりに言ってくれた。真実を、伝えてくれたのよね」

「…………」

「ありがとう。おかげで私も、自分の嘘と、馨と向き合うことができたわ」

凛音はこの件に関して、何も答えず、そっぽを向いたままだ。

しかし視線を僅《わず》かに上げて、聖堂の天井の、花を模した巨大なステンドグラスから、伸びて落ちる光を見つめる。

「……敗者に血を分け与える情け深い様は、さすがに茨姫の転生体と言ったところか。しかしオレはまだ、あなたを認めた訳ではないぞ、茨木真紀」

凛音はスクッと立ち上がると、側の段差に置いていたジャケットを羽織り、二本の刀を腰に差す。

「リン。また、会いに来てくれる？」

「……ああ。貴方に勝つまでは」

そして、彼は凛々《りり》しく背を向け、この聖堂から去ったのだった。

しばらくして私も聖堂から出ると、そこは小高い丘の上。

開けた空にうねりのある彩雲が浮かぶ、いかにも絵画にありそうな景色を拝めた。

あれ、いつの間にか私の格好も、普段のものに戻っている。

さっきの白いワンピースは、やはりあの聖堂仕様だったのかしら？

不思議に思っていると「おーい」と丘を駆け上がってくる馨と、パタパタと彼の頭上を飛ぶミカを発見。

「あんたたち、無事だったのね」

「無事も何も、さっきこの貘をとっ捕まえたところだ。守護獣確保だ」

馨は綱で縛って抱えていた白黒の小さな獣の、その首根っこを掴《つか》んで持ち上げる。

これは、私たちが先ほど捕まえ損なった、あの貘だ。

短い手足を時折パタつかせるも、大人しくしている。

「実はさっきまで俺たち〝キノコの森〟にいたんだ」

「キノコの森？　へえ、私は古い聖堂にいたの。キノコの森なんて食べ物に困らなそうでいいわね」

「いいもんか！　俺なんて毒キノコを踏みつけて、毒をくらってしまったんだぞ」

「何、その馨らしい不憫《ふびん》な展開⁉」

「ついでにこの貘も、赤いキノコを食べて巨大化した」

「へ、へえ」

そんなゲームもあったなあと思っていると、ミカが興奮した様子で私に語る。

「とにかく超危険な地帯、そして超危険な貘でした。しかし馨様に不可能はありません。馨様は僕の背に乗り、キノコトラップを逃れ華麗な空中戦を展開したのです。貘を巧みな結界網でぐるぐると囲い、いとも簡単に捕獲したのですよ！　見事な攻防、まるで英雄のような戦いでした」

「ふふん。よせミカ。大したことじゃねーよ」

ミカに煽《おだ》てられて悪い気はしてない馨。でも英雄級に活躍したという格好いいところ、私は一切見ていないから「ふーん」で終わる。

「そういえば馨。あんたさっき、毒キノコをくらったって言ってたけど、それどうなったの？　HPもうレッドゾーンに入った？　死んじゃったら嫌よっ！　私の血飲む⁉」

私はそっちの方が気になっており、ハラハラして自分の指を嚙《か》もうとした。

それを馨に「待て待て」と、腕を掴まれ阻止される。

「それはもう解毒されている。ミカが薬草を見つけてくれたんだ。ここは植物世界。毒キノコがあれば、それを中和する薬草もあるってことだな。ミカはスイから、ちゃんと薬草を学んでいたんだ」

「まあ、ミカ凄《すご》いじゃない！　あんたはやればできると思ってたわ。もうダメカラスとは

「言わせないわよ」

「わーい、馨様と茨姫様に褒められたぞー」

思わぬところで、眷属の成長が嬉《うれ》しい。馨と一緒になってよしよしと、ミカの頭や羽、嘴《くちばし》を撫《な》でてあげる。

帰ったら、スイのことも褒めてあげなくちゃ。スイはちゃんと弟眷属のミカに大事なことを教えていたし、ミカもそれをしっかり学んで、馨を助けてくれた。

それに、リンだって。

結果的にはたくさんの情報を、私たちにもたらしてくれたんだもの……

「真紀、お前も傷だらけだな。何があった？　って、足！　足、血まみれ!!」

馨が私の体にある小さな切り傷に気がつき、慌ててハンカチを取り出す。

「心配はいらないわ、馨。薔薇《ばら》の棘《とげ》で切っただけよ」

「お前が戦ったのは薔薇のモンスターだったのか!?」

「何よ薔薇のモンスターって。違うわ、リンよ。あの子がこの狭間《はざま》の〝騎士〟だった。古い聖堂に蔓延《はびこ》った茨《いばら》の上で、あの子と戦ったの、私」

ミカが「えええっ、凛音ですか!?」と素っ頓狂《とんきょう》な声を上げ、私たちの頭上をぐるぐると旋回した。

ただ馨は状況を察したのか「そうか」とだけ。ポケットからたくさんの絆創膏《ばんそうこう》を取り出して、私の足の傷に貼りまくっている。

絆創膏を常備しているところが、馨らしいというか何というか……

「それで、勝ったのか？」

「もちろん。まあ、あの子の納得のいく戦いではなかったでしょうけれど」

私は伏し目がちに、クスッと笑う。

「あの子はまだ、私に心を許してくれそうになかったわ。でも、前よりは話ができた気がする。リンも……きっと自分にできることを、今世もやり続けているんだわ」

まだ、私の元に帰ってきてくれる訳ではないとしても。

目指している場所は、同じなのではないかという気がしたから。

「それはそうと真紀。少しこの空間を見て回ったが、やはりとても不安定だ。さすがに夢を素材にしているだけあって、ここにはルールが存在しない。早く若葉ちゃんを救出し、脱出しなければ。外の事も気になる」

「なら由理を捜さなくちゃ。騎士が凛音で、守護獣がこの貘だったのなら、もう〝水晶宮のオフィーリア〟には辿《たど》り着けると思うけれど……」

その時だ。馨が掴んでいた貘が突如、

「バ――ク〰〰〰ッ！」

耳をつんざく程の大声で鳴き、それは夢の狭間の大地を揺らす。

まるで、私たちを水晶宮へは近づけまいというように。

馨が私に手を伸ばし、私がそれを握った時、足元の土がボコボコと沸騰したように盛り上がり、そこから巨大な鉄砲百合の花が生え、咲いた。

「いやーっ、またヤバそうな植物のお目見えだわ！」

「逃げるぞ真紀！」

しかし足元を搦《から》めとる豆の蔓《つる》のようなものに捕まり、私たちはその場でベタッと転ぶ。

そのまま鉄砲百合の花弁が頭上より覆いかぶさり、まんまと呑《の》み込まれたのだ。

「え、え？　うわあああああああっ！」

そして鉄砲百合は、その名の通り鉄砲の玉のごとく、私たちを思い切り噴き出した。

この世界の、空の彼方へ！

「茨姫様！　馨様！」

空へ放たれながらも、巨大な八咫烏となったミカが私たちに追いつく。

馨が私の腕を掴んで引き寄せ、二人でミカの背に掴まって、地上に激突するなんて悲劇は免れたが、

「……チッ、狭間から放り出されたか！」

馨の言う通り。すでに視界は、浅草の夜を映していた。夜だからこそ浅草寺の赤い光と、列をなす商店街の明かりと賑《にぎ》わいが、下界に浮かびあがって見えるのだ。

「なに、これ」

そして、空の上から異変を察する。

狭間突入前、それは虹色《にじいろ》の気体に包まれた卵のようだった。だが、川上に浮かぶ丸い狭間は、今ではすっかり植物に覆われ色とりどりの花々を咲かせている。

「なんてことだ。狭間の中の植物たちが、外殻を貫いて外に漏れ出てきてしまってる。本来あってはならないことなのに……っ」

狭間のエキスパートの馨が青い顔をしているのだから、それだけ非常事態であるということだ。

やはりこれは、無秩序な夢の狭間。本来敷かれるはずのルールが存在していない。

「年末よ、年末なのに、これはなんなの」

「年末だからかもなあ」

浅草を行き交う人間たちは、白い息を吐きながら、何事もないかのように家族や友人、恋人と談笑している。

一方、これが見えている私たちは、まだ年越しを祝えそうにない。

《裏》由理、人に憧《あこが》れ人にはなれぬ。

僕の名前は、継見由理彦。

これは、もうこの世にいないはずの者から借りた、偽りの名だ。


「……ここは」

穴に落ちてふと意識を取り戻した時、僕は苔《こけ》むした巨大な樹林に囲まれた、ひんやりと冷たい鎮守の森の中に立っていた。

足元には細かな水晶の砂利が敷き詰められている。歩くと心地よい音を鳴らすのだ。

「ぺひょ〜」

「ああ、おもちちゃん！」

すぐそばを流れていた小川より、蓮《はす》の葉に乗った丸々としたペン雛《ひな》が、どんぶらこどんぶらこと流れてきた。僕はそれを抱え上げる。

「君も、僕と同じところに来ちゃったんだね」

「ぺひょ、ぺひょぺひょ、ぺひょ〜」

キョロキョロとしてしきりに鳴く。きっと両親だと思っている真紀ちゃんや馨君が見当たらないから、声を上げて呼んでいるのだろう。

「大丈夫。僕が二人のところに連れて行ってあげるから。その前に、妹をさがしてもいいかい……？」

するとおもちちゃんは僕を見つめて、すんすんと鼻を鳴らした。

「ふふ。僕の匂いが、気になる？　同じだって、思っている？」

「ぺひょ〜」

おもちちゃんはコクコクと頷《うなず》いた。

そうだね。僕は多分、真紀ちゃんや馨君より、よほど君に近い存在だ。

「それにしても、大きくなったねえ、おもちちゃん。最初は手のひらサイズの小鳥だったのに……」

おもちちゃんは元々、僕の家の庭に度々遊びに来ていた〝ツキツグミ〟だった。

それは月の光より生まれる、鵺になる可能性を秘めた儚《はかな》きあやかし。

ほとんどが鵺にならずに、ツキツグミという弱く儚いあやかしのまま生を全うするが、その中でごく稀《まれ》に、化ける能力を得て〝鵺〟というあやかしになるものがいる。

僕もそうだった。だけど、僕のような鵺はあまりいないだろう。

「あ、おもちちゃん、りんごが流れてきたよ。食べるかい」

今度は真っ赤なりんごがぷかぷかと流れてきたので、腰をかがめてそれを拾う。

ちょうど小川の水面《みなも》を覗《のぞ》き込んだ。コロコロと流れる水に映る自分の姿は、いたって普通の、継見由理彦。

いたって普通？

いや、これこそ僕の、偽りの最たる姿だ。

僕は人に化けるということに、執着し、終着した。

人の世に溶け込み、歴史と営みを知り、人というものの感情、彼らの関係を学び続けた。

そうして僕は、いつの間にか本物の人になりたいと思うようになってしまった。

今でも人間というものに苦手意識のある馨君や真紀ちゃんと違い、僕がこんなにも人が好きで、人に焦がれるのは、一度も人であったことなどないからだろうね。

真紀ちゃんと馨君は、人からあやかしとなり、転生してまた人に戻った。

だけど僕は、生まれた時から今までずっと、あやかしでしかなかったから。


森を進むと、開けた場所にドーム形をした、巨大な水晶の温室を見つける。

多分これが、この狭間の中核である〝水晶宮〟だ。

「我が家のサンルームも、これくらい大きかったら若葉も喜んだだろうな」

中に入るとミラーハウスのようになっており、天井からは星や月の形をした水晶の飾りがぶら下がっている。

光が反射して響き合う、透き通った清らかな空間だ。不思議と眠たくなる。

僕は水晶の砂利を踏みしめながら、ミラーハウスを進んだ。

クスクス……クスクス……

僕らを囲む鏡の中で、様々な植物たちが笑って、こちらを監視している。

そこには青々とした緑も、花の彩りも、ひらひらと舞う蝶《ちょう》も映っているのに、僕が触れられるのは無機質でひんやりとした鏡だけ。

まるで、僕と若葉の間に隔てられた、絶対的な壁のよう。

「あっ」

おもちちゃんがぴょんと腕から飛び出して、鏡の向こうの蝶を追いかけていたけれど、硬い鏡にぶつかってしまった。

「ぺひょ〜？」

ぶつかった場所を撫《な》でながら、不思議そうに首をかしげるおもちちゃん。

「大丈夫？　きっとここは鏡の迷路だ。妹が……若葉がこの先にいる気がする」

僕はおもちちゃんをもう一度抱き上げて、静かに先へと進んだ。

するとどこか、遠くから、懐かしい声が聞こえて来るのだった。

『ああ、目をお覚まし。お覚ましったら、可愛い子』

○

ある鏡の向こう側で、子供の亡骸《なきがら》にすがり、嘆くその子の母と父の姿を見た。

あれは——藤原公任の子供時代。要するに、千年も前の一幕だ。

父は藤原頼忠《よりただ》、母は厳子《げんし》女王である。

その者は本来、子供の頃に疫病で死ぬはずだった。いや、確かに死んでいたのだ。

だけどその様子を、たまたま外廊下の手すりに留まって見ていたツキツグミが、ふと興味を持ってしまったのだ。

我が子が死ぬって、どんな気持ちなんだろう。

両親を置いていく子供は、どんな思いなんだろう。

親子とは、なんなのだろう。

それがどうしても、僕には理解できなかった。なんせツキツグミに両親はいない。

ツキツグミは月の光の化身。自我を持った時には、ひとりぼっちで月に焦がれる。

ああそうだ……自分が、死んだあの子に成り代わってみよう。

そんな思いつきで、隙を見てその子供の亡骸を呑み込んだ。

全ての記憶、肉体の情報を引き継ぎ、僕は人の子そのものに化けてしまう。

――まあっ、坊や！

死んだと思っていた我が子が生き返った。両親は大喜びした。

我が子の亡骸が、本当はあやかしに食われ、成り代わられたことなどつゆ知らず。

その後の藤原公任とは歴史通りである。

若くして出世を成し、藤原道長《みちなが》に仕え国の政治に携わる。また和歌、漢詩、管弦の〝三舟の才〟を有し、文化人としても名を残す存在になる。

僕というあやかしは学習能力が高く、書物を読んだり、数多くの優秀な人間たちの技能を見て学ぶことで、知識や技術を自分自身に取り込み、気がつけば誰より優れた能力を培った。

だって、人間たちは面白い。

短命で、弱々しい存在だからこそ、その生の間に積み上げた物事が意味を持つ。

数多くの人間が紡いできた歴史や、積み上げてきた政治の制度、一方で花開いた雅《みやび》やかな文化など、全てが僕には魅力的で。

それらを学び、秀でた力を身につけ、僕は藤原公任という立場をもって平安京《へいあんきょう》の人とあやかしの間に立つ。

悪の心を持つ乱暴なあやかしが人に危害を加えれば、陰陽寮《おんみようりよう》の安倍晴明《あべのせいめい》に相談し退治してもらい、人に虐げられたあやかしがいれば、親友の酒呑童子を頼って彼らを救ってもらった。

酒呑童子とは、彼がまだ平安京にいた頃に出会い、お互いに助け合うことで意気投合し、親友と呼びあえるまでになったが、彼がどんなに「あやかしたちの狭間《はざま》の国へ来ないか」と僕を誘っても、僕は〝人間〟たちからは離れられなかった。

僕は、この現世《うつしよ》における〝人間〟という立場を、絶対的なものだと悟っていたからだ。人間とは、造化の妙を極めた、驚くべきこの世の傑作なのである。

そして、僕が人間から離れられなかった最大の理由が、他にある。

当時の僕には大事な妻子がいた。その者たちを置いていく訳にはいかなかったからだ。

我が娘が生まれた時のことは、今でも忘れられない。僕は初めて、自分と本当の意味で血のつながりのある家族を得たのだ。

娘の裳着《もぎ》も、婚姻が決まった時も、嬉《うれ》しかった。

可愛い我が子の、晴れ姿を拝んだ瞬間を、今でも思い出せるのだから。

しかし……

あやかしの血が混ざっていたからか、玉依姫としての体質が影響したのか。

はたまた結婚相手が時の権力者の子息だったが故に、気苦労があったのか。

娘は若くして亡くなってしまう。

僕はその時、初めて我が子の死と直面したのである。

友人、酒呑童子と茨木童子の死を知った時も、無力さに打ちひしがれ、静かに彼らの死を悼んだけれど、それとはまた違う、体が引き裂かれそうなほどの、苦しみ。

これが、我が子を失った時の、親の嘆きの心なのか。

酒呑童子討伐の計画も止められず、娘も死なせてしまい、その後も信じていた人間に裏切られたり、醜い権力争いに巻き込まれたり……

僕は人間の醜い部分を数多く知って、失望と、喪失感に蝕《むしば》まれる。

やがて政治を引退し、出家をして山奥に引きこもり、そのまま藤原公任としての人生を、誰にもあやかしと暴かれることなく終わらせたのだ。


その後もなんとなく人に化けたり、なんとなく人助けしながら、平安の都を見守った。

しかし、僕はどうやら、忘れるということが苦手らしい。

月の綺麗《きれい》な夜はかつて失った友への悲しみ、失った娘への痛みを思い出し、時に本来のあやかし姿に戻り、彼らを偲《しの》んで泣いた。

その泣き声……いや、鳴き声が人々を不安にさせたそうだ。

ある日、僕は〝鵺〟というあやかしとして人々に追い詰められ、源頼政《みなもとのよりまさ》によって弓矢に射られて退治される。

その弓は、先祖に当たる退魔の武将・源頼光《よりみつ》のものだったと言う。

全く。かの酒呑童子討伐で使用されたかもしれない弓矢に、自分も射《う》たれるなんて。

どんなに人に尽くしても、結局あやかしは、人に退治される存在だなんて。

しかし、実の話をすればこの時、鵺は死んでなどいなかった。

鵺は化けることを得意としたあやかしだ。ゆえに〝遺骸《いがい》〟というものに化け、死を装っていたのである。

人々は祟《たた》りを恐れて鵺塚を作り、僕が化けた〝遺骸〟はそこに封じられる。

なんだかもう、人に化けるのにも疲れたし、何かを失うことも怖かった。

世の中の、愚かな人々の争いごとを見るのもまっぴらで、封じられている間は、おとなしくそこに止《とど》まった。

何も考えたくない。悲しい思いもしたくない。

物言わぬ岩の中で、しばらくの時代を過ごそう……

封印はある時ふっと解け、僕は再び外界に出て、何かに化けながら生きて行くことになるが、それは封じられてからずっと先の、明治《めいじ》の初期のことである。

「自分の過去を鏡ごしで追うのはなんだか気恥ずかしいね。最後なんて死ぬ事もできずに、封じられているし」

水晶宮の鏡の前で、皮肉な笑みがこぼれた。

千年も前のことを、このような形で引きずり出されるとは。

鏡の向こうの眠り姫は、こんな僕の面白くもない物語を読んで、楽しいのかな。

○

「ぺひょ〜？」

おもちちゃんが僕の頬を、そのフリッパーでぺしぺしと叩《たた》く。

なんだかとても、不安そうな顔だ。

「ああ、ごめんね。先に進もう」

僕は先に進んだ。だけど鏡は、容赦なく僕の記憶を暴き続ける。

○

『まあ、大変。小鳥が怪我をしているわ』

『本当だね。手当てしてやらないと』

その声を今聞くと、泣いてしまいそうだ。

それは、継見の家の夫婦の声。

今朝まで、母さん、父さんと呼んでいた者たちが、まだ新婚の頃のこと。

僕はちょうど小鳥の姿で空を飛んでいた。しかし、巡回中のどこぞの退魔師の式神に攻撃を受け、そのままあの継見の家の庭にぽとりと落下したのである。

たまたま庭掃除をしていた母さんが弱った小鳥を見つけて、父さんと一緒に怪我の手当てをしてくれた。餌もくれた。そして数日後には、空に放してくれたのだった。

「元気でね～」

「また遊びにおいで。うちには緑が多いから」

今も変わらぬ和やかな夫婦は、ただの小鳥にそんな風に声をかけ、見送った。

千年前、僕は一度人間というものに失望し、疲れてしまったけれど、こういう人たちを見るとやはり人間に興味を抱かずにはいられない。

僕はその後も度々、継見の庭に遊びに行くようになる。ただし人に見えぬあやかしの鵺として。

その夫婦には子供が二人生まれた。男の子と女の子。

すくすくと育つ子供たちを、僕はずっと、遠くから見守っていたっけ。

兄・由理彦はいたずら好きで、まだ幼い妹に両親を取られたと思って嫉妬《しっと》して、時々妹にちょっかいを出していた。気持ちはわかるが、困った兄だ。

一方で妹の若葉は、少しぼんやりとした大人しい娘。歳は二つになるかならないくらいの頃から、縁側から見える庭をじっと見つめていることが多かったと思う。

いや、違う。庭を見ているのではなく、庭にいるあやかしたちを見ているのだ。

僕もまた、彼女に見られている。

そうか。この子は〝玉依姫〟の体質なんだ。かつての僕の娘と、同じ――

「まあ若葉、どうしたの？」

ある秋の日のこと。

若葉が季節の変わり目に体調を崩し、母がつきっきりで看病をしていた。

若葉を布団に横たえ、母が居間に薬を取りに行ったほんの少しの隙を見て、僕は寝ていた幼い若葉に近寄り、傍に腰を下ろす。

心配になって、術で若葉の苦しみを拭《ぬぐ》えないかと思ったのだ。

まだ小さくて、可愛らしい。

若葉を見ていると、かつて、僕の娘が生まれた時の感情が、ふわりと沸き起こる。

「こんにちは……。はじめまして、ではないけれど」

優しく語りかけると、若葉は顔を真っ赤にしたまま、僅《わず》かに目を開き、こちらに手を伸ばす。

僕は思わず、伸ばされたその小さな手を、ぎゅっと握った。

かつて、霊気に当てられやすい玉依姫の体質を持っていた藤原公任の娘も、時々体調を崩した。その度に、僕はこうやって手を握り、囁《ささや》いたのだった。

「大丈夫。ずっとそばにいるよ」

この時、思わず同じ言葉が、口から溢《あふ》れた。

ちゃんと聞こえていたのか、若葉は小さく微笑んだ。

それがあまりに懐かしく、愛おしい気がして、僕は泣いてしまいそうになる。この感情を、なんと言っていいのかわからなかったけれど。

まるで呪いにでも取り憑《つ》かれていたような、失った娘への思い。

それがゆっくりと解け、癒《いや》されていく。

しかし、このふわふわした感情にとらわれていたせいで、僕はもう、一人の子の行動を、見落としてしまっていたのだった。

――バシャン
何か、大きなものが水の中に落ちるような、音がした。

嫌な予感が、背中から襲う。僕は振り返り、慌てて縁側へと出た。

「……あ……っ」

ひぐらしが鳴いている、夕方の少し前の時間帯。

長男の、由理彦だ。

真っ赤な鮮血を漂わせ、ため池に浮いている。数多くの花と一緒に。

「由理彦！」

僕は慌てて、その子を池から引き上げた。

しかし、すでにその瞳《ひとみ》に光はなく、頭には打撲してできたような大きな傷がある。

池の側には、高い紅葉の木があった。僕がよく腰かけている木。

その木の下には、池を囲む硬い岩もあった。由理彦は、この高い木に登って足を滑らせたに違いない。そして真下にあった岩に頭を強く打ち、そのまま池に落ちたのだろう。

「そんな……そんな……っ」

僕は目の前が真っ白になった。子供が一人、死んだのだ。

僕の恩人である、あの人たちの子が。

由理彦は確かにやんちゃで、今までも危険な場面は多々あった。

それに甘えん坊で、妹に付きっきりだった母の気を引こうとでも思ったのだろうか。

いや……違う。

花だ。複数の花が、池に浮いている。きっと由理彦は庭で花を摘んでいたのだ。

若葉の見舞いにと、思ったのだろう。

紅葉の木に登ったのも、高い場所にある色づいた葉を、取ろうとしたに違いない。彼の手には、ギュッと握られた紅葉の枝があったから。

「……かわいそうに」

すまない。かわいそうに。すまない……

僕はその子を抱きしめた。そしてじわじわと、心が冷えていった。

我が子が死んだと知った時、僕を助けてくれたあの優しい夫婦は、どう思うのだろう。

悲しむに違いない。自らを責め、深い後悔にとらわれるに違いない。

僕が長年苦しんだ、あの想いに苛《さいな》まれるのだ――

「……………」

それがたまらなく辛《つら》くて、僕はふと、思い至る。

まるで天啓のように降りてきた、僕の次の人生。

そうだ。

由理彦を食って記憶と肉体情報を取り込み、完璧《かんぺき》に化けてみせ、その人生を受け継ごう。

驚くほど迷いはなく、僕はその子の亡骸《なきがら》を抱きしめたまま、自らの体に取り込んだ。

そう、食らったのだ。そして静かに変化した。継見由理彦という人の子に——

「まあ由理彦、池に入ってなにしてるの⁉」

その名で呼ばれて、振り返る。

初めて由理彦の目を通じて見つめた母さんは、心配そうにまた僕を呼んだ。

「由理彦、あなたまで風邪を引いたらいけないわ」

「ごめんなさい。若葉の熱が下がるように、お見舞いの花を摘んでいたんだ。でも花を池に落としちゃって。もう上がるよ」

僕は、由理彦が摘んだ花や、見せようとしていた紅葉の枝を、池の水の上から一つ残らず集めて庭に上がった。

そして、母が慌ててバスタオルを取りに行っている間に、雫《しずく》の煌《きら》めくこの花束を、若葉の枕元に置く。

「早く、元気になるんだよ」

ぼんやりとこちらを見つめていた若葉に、そんな言葉を投げかけた。

すると若葉の顔色はみるみると良くなり、やがてくてんと、寝てしまう。

「由理彦、早く着替えてしまいなさい。ちゃんと温かくしていないと。こんなに体が冷たくなっちゃって」

バスタオルと着替えを持ってきた母に、僕はワシワシと、濡れた髪や体を拭《ふ》かれる。

僕がすでに別の存在であることに、気がついていない。

だからと言って、彼女を悪い母親だとは、一切思わない。

でも……もしこのことを、こんなに優しい人が知ってしまったら、深く傷つき、病んでしまうのだろうね。

だから決して知られてはならない。

継見由理彦という人生を、全うしてみせる。


こうして、僕はこの継見家の一員になった。

驚いたことに、幼稚園でかつての友である馨君や真紀ちゃんとも再会する。

彼らですら僕を人間だと思い込み、僕もまた真実を伝えず、そのまま夢のように楽しい、人間の子供としての日々を過ごす。

あのような形で死んだものの人生を受け継いだのに、そのことすら忘れかけ、僕は本当に継見由理彦になったような気がしていたのだ。

偽り続けたのは、そうであって欲しかったからかもしれない。

夢を見ていたかったのかもしれない。

真紀ちゃんや馨君みたいに、僕もまた、人間に生まれ変わったようなものだと……

命を救ってくれた、恩のある両親。

かつての娘に似た、妹。

僕はまた、人間として家族を愛し、愛される、そんな夢を見たのだ。

何度失望して、何度愚かだと感じても、それでも人間が恋しくて、恋しくて。

○

「ぺひょ〜ぺひょ〜」

おもちちゃんが鳴いている。その声で、ハッと意識を取り戻す。

「ごめん、ぼけっとして」

おもちちゃんはぐずぐずとしていた。いよいよ、真紀ちゃんや馨君がいない寂《さみ》しさに、耐えられなくなってきたのか。

その姿に、僕は小さな不安を抱く。

「おもちちゃんも、いつか、あの二人の本当の子供になりたいと、思ったりするのかな」

そう考えたら、胸が締め付けられた。

ぐずぐずしているおもちちゃんを、ぎゅっと抱きしめる。

「でもね、無理なんだよ……やっぱり無理、だったんだよ。ごめんね」

ごめんね、ごめん……

どんなに精巧な変化をしても、愛される姿をしてみせても、本物には、なれないんだよ。

『君は誰？』

問う声にハッと顔をあげて、僕は鏡を覗《のぞ》く。
鏡の壁には、僕が映っている。だけど一人ではない。
右に藤原公任。
左にあやかしであるとバレる前の僕、継見由理彦の姿が。
それだけではなく、今まで僕が化け続けた者たちが、こぞって僕を嘲笑《ちょうしょう》する。

『ならば本当の君は、どこにいるんだい？』

僕は……

『そもそも君に、本当なんてあるの？　何者かの人生を借り続けただけで、自分などない』
『いいや、君は継見由理彦だ。もうそれでいいじゃないか。今まで通り、愛する家族を騙《だま》し、偽り、平和に過ごせばいい』

『ダメだ。そんなの、大事なあの家族を不幸にするだけだよ』

『関係ないよ。自分がそこにいたいのだから。気がついてしまった若葉には、もう一度本当の兄だと思い込ませる言霊でも、かければいい。真名なんて教える必要はない』

なにを言っているんだろう、こいつらは。

そりゃあ僕は、望んでいる。ずっと、家族みんなで仲良く暮らせたらいいのにって。

そのために、できることなら何だってしてきた。だけど……

「砕けろ、過去の僕」

ただ一言、強く言葉にして、念じた。

言霊が鋭い刃《やいば》となって、僕自身が、鏡の中の自分を砕いたのだ。

鏡の割れる高らかな音が響く中、ただ前を見据えていた。

こんなにあっけないのは、僕がすでに、答えを出しているからなのだろう。

「……行こう」

迷路を早足で進む。

やがて駆け出す。今まで全く感じられなかった、若葉の霊力の匂いをとらえたから。

多分、倒さなければならないと聞いていた〝騎士〟と〝守護獣〟を、真紀ちゃんと馨君が、倒してくれたのだ。

ありがとう。僕の親友たち。

いよいよ鏡の迷路を抜ける。そこは水晶宮の中心部。

巨大な柳の木が覆いかぶさる湖があり、そのほとりには、今まで鏡の中に映り込んでいた多様の植物が咲き乱れている。

そして湖の真ん中には、たゆたう花々に囲まれ浮かぶ、若葉の姿があった。

「若葉！」

僕は湖に分け入って、若葉の元へと急ぐ。

なんだかこの光景は、由理彦が死んだ時を彷彿《ほうふつ》とさせる気がして……

だが彼女は、よく陽光の入る場所で新鮮な植物たちの霊力を浴びながら、温《ぬる》い水のゆりかごに横たわり、心地好《よ》さそうに長い夢を見ている。

『オフィーリアは、あなたを待っているよ』

『だから、真実の名を、真実の名を――』

花々の、囁《ささや》く声がする。ここは若葉の夢と植物を素材に作られた狭間《はざま》。

若葉をここから連れて帰る方法は、ただ一つ。

あの子の願いを、夢を、叶《かな》えてあげるだけ。

僕の本当の姿を、あの子は知りたいと言っていた。

「ぺっひょ～」

僕の頭に乗っていたおもちちゃんが、興奮して頭の上からぴょんと飛び降りると、生温い湖をパシャパシャと泳ぐ。さすがはペン雛《ひな》。

プカプカと浮いているお花をかき集め、お腹に載せてお布団にすると、あっという間に寝てしまった。

なるほど、この湖は眠るに最適の場所なのか。

確かにここは、居心地がいい。

泣いてしまいそうなほど温かい、陽だまりの中にある。まるであの継見家のようだ。

若葉は水面《みなも》に広がる花の絨毯《じゅうたん》の中心で、花びらの翅《はね》を持った小さな蝶々《ちょうちょう》たちに見守られながら、やはり深い眠りについている。

オフィーリアというよりは、まるで眠り姫だね。

顔を覗き込み、彼女の顔にかかる髪を払って、そっと頭を撫《な》でる。

「若葉……おはよう」

いつもの朝のように、声をかける。若葉はスゥッと瞼《まぶた》を上げた。

しかし「まだ寝る～」と言って、目元を腕で覆ってごねるので、思わずクスクスと笑ってしまった。日頃の若葉の、寝起きの悪さと同じだなと思って。

「だめだよ。そろそろ一人で起きれるようにならなくちゃ」

「…………」


若葉は自分の目元を覆っていた腕を上げ、僕を見つけるとじわじわとその目を見開いた。

僕はもう、継見由理彦の姿で若葉と向き合っている訳ではないからだ。

若葉もそれを、感じ取っているのだろう。

「あなた誰？　お兄ちゃんなの？」

「ううん、僕は、若葉のお兄ちゃんじゃあないんだよ」

「……嘘だよ、そんなの」

若葉は体を起こすと、僕をまっすぐに見てふるふると首を振った。

「私にとっては、お兄ちゃんはお兄ちゃんだよ」

「どうしてそんなことを言うんだい。僕が兄ではないと、だから知りたいと、若葉は言ったのに」

「違うよ……違うよ、お兄ちゃん。私は、若葉は、お兄ちゃんが本当は違う何かでも、それをちゃんと受け止めたいから、知りたいんだよ。知らないふりをしているのが、嫌なだけだよ」

「…………」

「ずっと本当の姿を知られないなんて、そんなの寂しいはずだよ。お兄ちゃんだって」

若葉。

さっきまで、日頃からよく知る妹のまま、寝起きのわがままを言っていたのに。

今はなんて強い眼差《まなざ》しで、僕を見てくれるのだろう。

「ねえ、お兄ちゃんは、何なの？」

「僕はね、あやかしなんだ。人ではないんだよ」

「あやかしって、なに」

「……若葉が時々、感じ取っていたものだよ」

「お兄ちゃんが、見ていたもの？」

「ああ。だって僕も、そちらの存在だから」

ポロ、ポロと、言葉の一つ一つが、僕の化けの皮。

それが剝《は》がされていく。僕というあやかしにとって、それは致命的なものだった。

だけど、不思議と悪くない。

僕の本当のことを、大事な人に語るというのは。

「僕はね、人間になりたくて、欲しいものがたくさんあった、ただのあやかしなんだ」

「……なにが、欲しかったの？」

「家族だよ」

「なら、もういるじゃない。お母さんも、お父さんも、私だって。みんなお兄ちゃんが大好きで、大事なんだよ。たとえ、本当のお兄ちゃんじゃなくても。たとえ、あの時からあなたに変わった、違うお兄ちゃんでも」

「そっか。若葉は……あの時のことを、覚えていてくれたんだね」

僕は、彼女のことを侮っていたのかもしれないね。

彼女は十年前に起こった、あの瞬間をちゃんと見ていた。

そしてそれを、心のどこかで覚えていたんだ。

「若葉に、僕の本当の名前を教えてあげよう。僕は今まで様々な名を使ってきた。だけど、本当の名前が、一つだけあるんだ」

水面を静かに流れてくる一輪の忘れな草に気がつき、僕はそれを手に取った。

キラキラとした雫《しずく》をふるい落とす事もなく、一度口元に添えると、僕はこの花を若葉に差し出す。

若葉はそれを、戸惑いながら手に取った。忘れな草についた雫に陽光が反射し、溢《あふ》れて彼女の手を伝う。

まるで涙を流す花のよう。

僕はその若葉の手を、もう片方の手でも包み込み、彼女と目線を合わせた。

「僕の本当の名はヤトリ。夜の鳥。……鵺《ぬえ》というあやかしだ」

その言葉が、最後の化けの皮。

僕がこの身に施していた、最大の変化の術を、解く鍵《かぎ》。

若葉の瞳《ひとみ》に映る僕は、すでに今までの姿ではなくなっていた。

ハラハラと、白い羽根が舞う。

白銀の狩衣《かりぎぬ》と、透き通って揺れる星の巡りを写し込んだ羽衣を纏《まと》い、月光色をした髪と、淡い翠玉《すいぎょく》の眼……そして背中に、白い双翼を宿す。

そう、それこそ本来の鵺というあやかしだ。

「お……兄、ちゃん？」

若葉は戸惑っていた。目を見張り、瞬《まばた》きもできずに僕を見ている。

僕は継見由理彦の肉体を食らって、誰にもあやかしだと悟られない、高度な〝変化の術〟を使い、その者になりきった。

だけどこの術には代償がある。近しい者に真名が暴かれてしまった時、その者の記憶から〝自分の存在〟の一切が消える。

共に過ごした時間、思い出、そんなものが、別の何かに塗り替わる。

なぜなら、僕という存在こそ、偽り続けた人間たちにとって呪いのようなものだから。

絶対的におかしな存在。本来、そこにいてはいけない存在。

僕を知ってしまったのなら、そんなものは、忘れた方がいいのだ。

「さあ若葉。もう一度おねむり。そしてもう僕が起こさなくても、若葉は一人で、目覚められるだろう？」

その言葉で、若葉はハッと、悟ったような顔をした。

本当に敏《さと》い子だ。それだけ僕を理解し、見てくれていたということでもある。

「朝目覚めたら、まずは庭に出て朝日をしっかりと浴びるといい。そして新鮮な空気を吸って、花々に声をかけながら水をあげて。植物の精は若葉をちゃんと守ってくれるからね。そして母さんと父さんに、新年の挨拶《あいさつ》をするんだよ。……そして、あの子の事も、ちゃんと思い出してあげてほしい」

「待って、待ってよ、お兄ちゃん……っ。その時、お兄ちゃんは私の側にいないの？」

若葉は泣きそうになりながら、震える声で、やはり「待って」と繰り返す。

「そんなのおかしい、おかしいよ。私は、ただお兄ちゃんのことが、もっと知りたかっただけなのに。あなたの本当の名前が、知りたかっただけなのに。それでも、あなたは私の、お兄ちゃんだって……言いたかっただけなのに……っ」

その言葉に、また胸が締め付けられた。

そんなことを言われるとは、思ってもみなかったから。

「なのに、なんで……？　私、私が、もしかして私が、私の夢が、わがままが、お兄ちゃんをあの家から追いやってしまうというの？」

「違うよ。違うよ若葉。でもこれが、僕という〝あやかし〟が自分に敷いたルールなんだ。そしてそれが、僕の誇りでもある。継見家という宿り木から飛び立つ時はいつか必ずやってきた。それが、今だったというだけのこと……」

しかし若葉は、絶望したような顔をして、首を振った。

ごめんなさい、ごめんなさいと。知るべきじゃなかったと、涙をボロボロ零《こぼ》しながら。

困った、妹だ。

「若葉。僕は……若葉が僕を見つけてくれて、本当にね、心から嬉《うれ》しいんだ」

誰も、僕を見破れないと思っていたんだよ。

真紀ちゃんや、馨君ですら、僕を同じ人間だと思っていたんだ。

でも違ったね。すごいね、若葉は。

「本当の僕を見つけてくれて、嘘を受け止めてくれて、ありがとう。だけど君は、もうすぐ僕を忘れてしまう」

おそらく自分の記憶が、徐々に書き換えられている感覚を、若葉も理解している。

頭を押さえ、混乱して何度も首を振って、襲い来る眠気と戦っている。

「許さない。そんなの、許さない。眠らない……っ、ずっとそばにいるって言ったくせに！」

「……若葉」

「許さないから！　私は絶対に忘れない！」

若葉は、僕に伝えたい最後の言葉を、絞り出す。

「たとえ忘れてしまっても、絶対に、絶対にお兄ちゃんのことを思い出す……っ、追いかけるから！」

「…………」

ありがとう。その言葉だけで、とても嬉しい。

僕は、若葉の目元を、そっと目隠しした。

「おやすみ。若葉。いい夢を」

若葉はこの言霊に抗《あらが》えず、ゆっくりと意識を手放し、細い体を僕に預ける。

強く、彼女を抱きしめた。

嬉しいよ。本当に、嬉しかったんだ。若葉が僕を見つけてくれたこと。

誰でもない、僕自身を、知ろうとしてくれたこと。

だけど、こんなに嬉しいのに、泣いている。

次に目覚めた時、若葉はもう、僕のことを覚えてはいないだろう。

第七話　雪舞う、大晦日

ねえ。真紀《まき》ちゃんには、僕が何に見える？

由理《ゆり》が私にそう尋ねた時、私はまだ、彼の嘘を知らなかった。

だけど、ねえ由理。

あんたは私たちすら偽り続けた、その大事な嘘に、どう決着をつけるつもりなの。


「由理と若葉《わかば》ちゃん、まだ出てこないわね……」

私はミカの背に乗り、隅田川《すみだがわ》の上空から、植物に覆われた巨大な狭間《はざま》を見下ろす。

ここから見ればよくわかるのだが、あの狭間が定期的に吐き出す無数の植物の種が、隅田川の河川敷のあちこちでうじゃうじゃと芽吹き、花を咲かせている。

私たちが狭間の内部にいた時も、こんな感じだったんですって。

組長によって集められた浅草《あさくさ》あやかしの有志たちが、こんな日にせっせと草むしりをしているので大事にはなっていないけれど。

あと、大黒先輩《だいこく》の加護が浅草の皆を守ってくれているからね。

すでに時刻は23時を回っており、浅草は大勢の人々で溢れ、こちらの苦労など露知らず賑《にぎ》わいを見せている。

「おーい真紀っ！」

河川敷のベンチで植物の狭間を解析していた馨《かおる》が私を呼んだので、私はミカに命じて、馨の側に降り立った。

「由理が、あの狭間から出られないって。今メールがきた」

「ていうか電波通じてるの……⁉」

馨に「ほれ」とスマホを見せてもらうと、

出口がわかりません。

馨君、真紀ちゃん、助けてください……（泣）

由理らしくもない、情けなくて気弱なメールが。

これはもう私たちの方から助け出さなくちゃ！

「中に入った時より、外殻を覆う植物が増長しているからな。おそらく狭間自体が、若葉ちゃんを出すまいと出口を覆って隠してるんだろう」

「ねえ馨、どうしたらいい？」

「あの狭間には、すでに俺がいくつも〝狭間解かすヤバい爆弾〟を仕掛けてる。間違ってそれを刺激し、誘発を引き起こさないよう、まずは外殻だけ壊して由理と若葉ちゃんを救出する必要がある。そうじゃないと由理たちまで異空間に飛ばしちゃったり、消滅させてしまう危険性があるからな」

「ていうかあんたのネーミングセンスにびっくり。何よ〝狭間解かすヤバい爆弾〟って」

「ええいうるさい！　じゃあお前はなんて名付けるんだよ真紀」

「狭間爆殺弾」

「ぶっちゃけあんまり変わらないと思います！」

そんな風にいつもの夫婦漫才をぎゃーぎゃーやりつつ、馨は狭間より持ち帰った内部のデータを書き込んだ霊紙を宙に並べ、私に指示を出した。

「今、由理たちの居場所を特定している。それが判明したら、俺がその一点に印をつけるから、そこをお前の〝神命の血〟の力でぶっ叩《たた》いて出口を作ってくれ。由理たちが出てきたら、直後に内部に仕掛けた爆弾を発動させ、さらに大黒先輩経由でくすねた浅草寺《せんそうじ》パワーを使って、あの狭間を一気に解かす。このタイミングを逃すと、狭間というのは中途半端に残ってしまったりするからな」

狭間って作るのも大変だけど、それを消滅させるのが一番厄介と聞いたことがある。

破壊しても痕跡《こんせき》は何かしら残るらしく、完全に消してしまえる術者は馨くらい。だからこそ、古い狭間がこの世には沢山残り続けているの。

「流れはわかったわ。でも浅草寺パワーって言い方もどうかと思うわよ」

「意味が通じやすいだろうが！」

ちょうどその時、「おー、凄《すご》い事になってるなあ」と横でやる気のなさそうな声がしたので、私も馨も「ん？」とそちらに顔を向ける。

「って、叶《かのう》先生！」

なんとそこには、防寒バッチリの叶先生の姿が。

いつの間にか、しかし当たり前のように私達の側にいるのである。

私も馨もあんぐりした後、二人して「遅い遅い遅い遅い！」と叶先生に詰め寄る。

「ていうか今更⁉　今更の登場なの⁇」

「お前がもっと早く来てくれてりゃ、色々やりようもあったのに！」

しかし叶先生は変わらず飄々《ひょうひょう》として、

「色々やりようって俺は何もする気ないぞ……浅草寺に初詣《はつもうで》に来たついでに、こっちの様子も気になったから立ち寄ったまでだ。手出ししないからどうぞご自由に」

「……は⁇」

そのまま隣のベンチに座り、タバコを一服。そしてコンビニで買ったホット緑茶を開けて飲み、コンビニおでんを食べ始める。

何、ただの高みの見物しとるんじゃこの男は……っ！

「叶先生〜〜っ！　まだ由理があの中にいるのよ、あんたの生徒でしょう！　ほったらかしで美味《おい》しそうなご飯食べてんじゃないわよ！」

「えー。夕飯まだなんだから食わせてくれよ」

「えー、じゃない。そんなの俺たちも同じだ」

「あっ、お前ら！　人の飯を食うな！」

こちとらさっきから動いたり戦ったりアレしたりコレしたりで、お腹が空《す》いてるんだからね。というわけで叶先生の買って来たコンビニおでんを奪って食べます。

「はあ〜。あったかいおでん美味しい」

「さすがは部活の顧問の先生だ。俺たちに差し入れを持ってきてくれるとは……」

「鬼畜。お前たちは鬼畜だ！」

「「鬼でしたが、何か？」」

珍しく叶先生が声を大にして訴えていたけど、私たちは素知らぬ顔をしてしらばっくれ、やはり人様のおでんを貪《むさぼ》ったのだった。

「さーて、充電もできたし、いっちょやったりますか」

私は釘《くぎ》バットを振り回しながら、河川敷より獲物を睨《にら》む。

もちろん獲物ってのは、あの植物の狭間だ。

「あ……おい茨木《いばらき》。巨大ウツボカズラが隅田川の手鞠河童《てまりかっぱ》どもを食らってるぞ」

「んん？」

やはり座って菓子パンを齧《かじ》る叶先生が指さすのは、植物の狭間から釣り糸のように蔓《つる》を垂らし、ぱっくり口を開けている巨大なウツボカズラ。

その蔓をよじ登って自ら入っているアホな手鞠河童たち。

「あぎゃー、お助けーでしゅ〜っ！」

「合成素材にされちゃうでしゅ〜」

「あいつら！　隅田川から避難しろってあれほど言ったのに！」

「しかたないわ馨。きっとあの捕食袋、手鞠河童にはたまらないキュウリの匂いでも漂わせているのよ」

「ならば真紀さん出動を要請します。人間たちに見られないようこの周辺に隠遁《いんとん》結界を張りまくっているので、遠慮なく暴れてくださいどうぞ」

「イエッサー」

というわけで、私は空中を旋回している自分の眷属《けんぞく》を呼びつける。

ミカが私の前まで降りてきたところで素早く飛び乗り、釘バット片手にそのウツボカズラの元まで急いだ。

ウツボカズラは私たちの接近に気がつくと、その蔓を鞭《むち》のようにしならせて打ち付けてくるが、馨が我々の周囲に結界壁を展開してそれを弾《はじ》き、上手《うま》く援護をしてくれた。

「茨木童子しゃま～、茨木童子しゃま～」

「早く助けてくだしゃーい、合成されちゃうでしゅ～っ！」

手鞠河童たちが泣き喚きながら私を呼ぶ。

「全く……相変わらず人使いの荒い河童たちだこと！」

巨大なウツボカズラの付け根を狙って、私は釘バットをフルスイング。

するとウツボカズラは勢いよく切り落とされ、激しく水しぶきを上げながら隅田川に落下した。ついでに手鞠河童たちも川の中に逃げたみたい。

「真紀！　由理の居場所がわかった！　そのまま三時の方向に向かって飛べ。巨大シャクヤクが咲いてるから、それの根元を叩けえええええ！」

馨が私に向かって大声で指示を出す。

私はミカに指示し、言う通り三時の方向に進むと、確かに派手なピンク色の巨大シャクヤクが咲き誇っている。

バットの釘でちょこっと指を切って血を付着させ、容赦なくその根元をぶっ叩く。

しかし、

「えええええ!? 再生した!?」

全力でぶっ叩いたというのに、植物の狭間《はざま》は破壊された所にすぐ新たな植物を芽吹かせ、開いた出口を塞《ふさ》ぐ。何度やってもこうなる。

驚異的な再生力、さすが夢と植物の狭間だわ。由理が出てこられないはずだ。

「やっぱり私の血、もっと必要かしら。でもあんまり血を使いすぎると破壊力が増すからなー。馨のダサいネーミング爆弾を刺激してしまうのもダメだし。……より繊細な攻撃ができる霊刀とかあればよかったんだけど」

「茨姫《いばらひめ》様！ 植物たちが怒ってます！ 僕に掴《つか》まってください」

「え？ って、わっ！」

ミカが声を上げ、猛スピードで植物の狭間から遠ざかった。

由理と若葉ちゃんをここから助け出そうとしたことがバレたのか、大人しかった植物たちも蠢《うごめ》き始めたのだ。

やばい。狭間の表面に群生している鉄砲百合が、一斉にこっちを向いている！

「慎みて五陽神霊に願い奉る！ 退魔炎雷——急急如律令！」

私たちを狙った鉄砲百合に向かって、無数の霊符が矢のごとく飛んでいき、それらが五《ご》芒星《ぼうせい》を描いて炎の渦を生んだ。

「!? これ、陰陽師《おんみょうじ》たちの……」

霊符の飛んできた方向――吾妻橋《あづま》に目を向けると、そこには青桐《あおぎり》さんとルーの姿が。

「あらー。こっちも今更だけれど、やーっと出てきたわねえ。でもこれだけ大きいのを倒さなきゃならないのなら、協調すべきかもしれないわ」

私はそのまま、青桐さんとルーの元へと向かい、ミカから降りる。

吾妻橋には人が多く行き交っていたが、私が空から降り立ったことなど誰も気にしていないのは、馨の張った隠遁結界のおかげでもある。

「青桐さん、ルー、来てくれたのね」

「ええ。遅れてすみません。別件で遠出していたところ、浅草が大変なことになっていると大和《やまと》さんから連絡がありまして。しかし凄いですね、コレは」

「狭間よ。さすがの陰陽局にも、あれはどうすることもできないでしょう？」

「ええ、狭間結界はあやかしたちの専売特許ですからね。人間でどうにかできる人は、あなたの未来の旦那《だんな》様くらいでは？」

青桐さんはメガネを押し上げつつ、爽《さわ》やかな笑顔で言ってのける。

「でもね、見ていたならわかると思うけれど、あの狭間に一箇所穴を開けなくちゃいけないのに、これがなかなか困難なの。ほら、私の釘バットもこのザマよ」

ため息をつきながら、青桐さんたちに釘バットを見せつける。気がつけばもしゃもしゃと草に覆われているのだ。これでは使い物にならない。

「ならば、こちらが役に立つかもしれませんね。我々は、あなたに一つお届けものがあるのです」

「私に届け物？」

青桐さんはルーに向かって目配せする。

ルーはコクンと頷《うなず》くと、私にあるものを差し出した。

それは黒い長袋に収められ、硬く紐《ひも》で閉じられたもの。

その紐をほどいてみると、すぐに何が収まっているのかわかった。

「これ……」

「ええ。かつて茨木童子が使っていたとされる、大太刀〝滝夜《たきや》叉姫《しやひめ》〟です。春の百鬼夜行の一件にて陰陽局預かりとなっていましたが、今回はこちらを、一時的にあなたにお返ししようかと。これだけ巨大な霊的対象物ですと、こういったものが必要では？」

「……ふふ、まさか滝夜叉姫を持ち出してくるなんてね。でも、ありがたいと言っておくわ。これならきっと、由理と若葉ちゃんを助け出せる」

私は草まみれの釘バットをカランと地面に置くと、はるか昔に愛用していた大きな刀を手に取る。そして、鞘《さや》から刀を抜く。

銀の刃《やいば》は、千年も前の刀とは思えぬほど美しく、鋭い。

ふと河川敷にいる遠くの馨に視線を向けると、彼もまたこちらを見ていた。

私が滝夜叉姫を持っていることに気がつき、身振り手振りで何か伝えようとしている。

「なになに、今度はてっぺんの人食い植物群生地を、この刀で貫けって？　そこが外殻の弱点だって？」

馨の意思をなんとなく読み取る私。

「えー。あんなジェスチャーでよく具体的なことまで伝わりますね」

「マキとカオルは、以心伝心……」

「電話すればいいのでは？」

「言ってやるな。必死すぎてそこまで頭が回ってない」

後ろで青桐さんとルーが、ひそひそ何か言ってる。

確かに電話の方が手っ取り早かったですね！

「ミカ、来なさい」

ミカが後方より橋の下をくぐって現れた。私は刀を持ったまま橋から飛び降り、ミカの背に乗る。ミカはそのまま、ぐんぐんと空へ上昇した。

ああ、寒い。体が凍ってしまいそう。だって真冬の空を突っ切ってるんだもの。

でも……見て。今日は月と、叢雲《むらくも》と、スカイツリーがとても綺麗《きれい》。

「さあ、お開きの時間よ」

確かに狭間のてっぺんには、血と肉に飢えてそうな人食い植物がうじゃうじゃいる密集地がある。しかし狙うべき一点は、すぐにわかった。

馨がポイントとなる場所の上部に、自分の結界で赤のバツ印を浮かべてくれたから。

「真紀、そこが弱点だ！　その一点を貫けば外殻を一気に壊すことができる！」

馨が組長から奪ったメガホンを片手に、大声を張り上げる。

「了解よ、馨」

私は大太刀の刃に指を這《は》わせ、伝う血を確かめた後、その刀を構えミカの背からトンと飛び降りた。

「いけー茨木の姐《あね》さん！」

「真紀ちゃんいっけーっ‼」

「茨木童子しゃまー、あ〜？」

あちこちから、浅草のあやかしたちの声援が聞こえる。

ええ、聞こえるわ、こんなに耳が凍ってしまいそうなのにね。

私は襲い来る人食い植物を斬って斬って、時に足場にして駆け下りながら、また斬って。

「真紀！　貫いてしまえ！」

最後に馨の声が届いた。思わず歯を見せてニヤリと笑う。

「いいわ！　この茨木童子様に、貫けないものなどな――――いっ‼」

掛け声と共に、勢いそのまま赤のバツ印の中心を貫く形で、その〝弱点〟に向かって強く刀を突き刺し、柄まで通す。

巨大な植物の狭間は、かつて大江山《おおえやま》で鍛えた霊刀・滝夜叉姫によって弱点を貫かれた。

それが綻《ほころ》びとなり、まるで卵の殻のようにピシピシとヒビが入ったかと思えば、ガラガラと外殻を成していたものが割れて剝《は》がれる。

そして狭間の内部、植物たちが根を張って守る中核が、お目見えとなった。

水晶――丸くキラキラした巨大な水晶が、この狭間の核。

「わっ」

その美しさに気を取られたせいで、剝がされた外殻と一緒に、私はそのまま隅田川へと真っ逆さま。

でもね、目の前を横切る、濃紺の星空に似た柔らかい羽衣と、白い羽があったの。

それが顔を優しく撫《な》でたと思ったら、直後、ぐっと私の腕を掴んでくれた者のおかげで、なんとか落下を免れる。

羽衣が目の前を横切ってしまうと、やっと私は、自分を助けてくれた者の正体を知る。

「やあ、真紀ちゃん。間一髪だね」

「……由理」

目の前には、闇夜にぽっかりと浮かぶ月を彷彿《ほうふつ》とさせる、青白い光に包まれたひとりのあやかしがいた。

彼は眠る若葉ちゃんを、もう片方の腕で抱えている。

鵺《ぬえ》。

千年前と変わらない、美しいその姿に、私はしばらく言葉を失った。

「まだ安心しないで、真紀ちゃん。下が隅田川であることに変わりはないよ」

「えっ、わあああっ」

「ごめんね。僕、真紀ちゃんみたいに力持ちじゃないから……」

足が冷たい隅田川に浸かったと思うと、その激流に体ごと持っていかれそうになる。

でも由理が「眠れ」と囁くと、隅田川は一時的にその流れを止めたのだった。

一帯は静寂に包まれる。眠ってる、隅田川でさえ。

「真紀ちゃん、僕の歩んだ場所を辿《たど》っておいで。そうすれば、水面を移動できるから」

「……は、はあ」

由理がまた何か言霊を唱える。そして水面を歩む。

長い羽衣が水面を撫で、そこにキラキラと光る天の川のような道ができた。

私は言われた通り、彼の歩いた後をついていく。

ポーン、ポーン、ポーンと。足跡が光って波紋が広がるけれど、何の問題もなく私は水面を歩むことができた。

直後、河川敷でタイミングを窺《うかが》っていた馨が、パンと両手を合わせて印を結び、

「解き去れ！　狭間消失結界！」

あらかじめ仕掛けておいた〝狭間解かすヤバい爆弾〟の発動を命じる。

内部を晒《さら》した狭間が、途端にぐるぐると黒い帯に覆われる。

バチバチと震え、一度ギュッと縮小し、無音の一瞬が訪れたと思ったら、そのまま激しく弾《はじ》け飛んだ。

パアアアアアアアアン――

高らかな、ガラスの割れるような音が一帯に鳴り響く。

水面上で立ち止まり、顔をあげて、私はその狭間の最後を見送った。

「……なんて綺麗なの」

弾け飛んだ狭間は、キラキラと月光を映し込んだ、水晶のパズルピースとなって散る。

ひらひら、はらはら。しんしん、と。

なぜかな。その光を見ていると、あまりに綺麗で少し寂しい気持ちになる。

大晦日《おおみそか》で賑《にぎ》わう浅草の夜に、散って、散って、散って、散って。

砕けて、消えてしまうものは……いったい何？

これが見えている者は誰しも、花のような雪のような、ハラハラと舞うこの光を見上げている。

「やりましたね、茨姫様」

「ええ、ミカもお疲れ様。おもちを拾ってくれたのね……ありがとう」

眷属《けんぞく》の八咫烏《やたがらす》が側に降りてきた。彼の背には、舞う雪のようなものを捕まえようと必死なおもちの姿もある。


ゴーン……


そして、浅草の年明けを告げる、除夜の鐘が鳴り響く。

今夜の浅草は眠らない。


「由理！　真紀!!」

隅田川の河川敷に上がると、馨が駆け寄ってきた。

「大丈夫か、由理。お前、その姿……」

「……うん」

妹の若葉ちゃんを抱えたまま、眠る彼女の顔を優しい眼差《まなざ》しで見つめている由理。

月光の化身として、その背に白い翼を携える。

特別な狩衣《かりぎぬ》姿や、風もないのにたゆたう長い帯や羽衣も、高位なあやかしの格を思わせる、神秘的な佇《たたず》まい。

　この姿を初めて見る者たちは、あまりの美しさにしばらく言葉が出ないという感じだ。

「若葉にね、真名を告げたんだ。だけどこれは、僕の術が破られたことを意味する」

　由理が、やっと言葉を発する。

「……そうだとしたら、どうなるの？」

「若葉から、僕の記憶が消える。だから僕は、もう、継見《つぐみ》由理彦《ゆりひこ》ではないんだ」

　それは、予感していたことの、一つの最悪だった。

　化かしあいが基本のあやかしにとって、正体が暴かれ、代償が発生するというのは理解出来る。でも、だからこそ……

「本当に、それでいいの？　由理にとって、あの家は、家族は宝物だったじゃない。由理は誰より、家族の皆を大事にしてきた。おばさんもおじさんも、妹の若葉ちゃんも。私、ずっと見てきたから、わかっているつもりよ」

「ああ、その通りだよ真紀ちゃん。だけどね、僕はやっぱり、あやかしなんだ。僕が僕自身に敷いたあやかしとしてのルールがあり、それを確かに守っている。それこそが僕の、鵺というあやかしとしての、プライドでもあるから」

「……それは、大事な居場所を失ってまで守りたいものなのか、由理」

　馨は怒っている訳ではないが、聞かずにはおれぬというような、真摯《しんし》な問いかけだった。

「そうだね、よくわからない。でも、一人の子の屍《しかばね》を食ってまで、居座っていた宿り木だ。正体がばれてしまったのなら、宿り木を去らなければ。それがあやかしの宿命だ。……こんなことを知ってしまったら、あの家が、優しい人たちが、壊れてしまう」

それは、確かにそうなのかもしれない。

あやかしを知らない人たちが、それを受け入れるのは困難なことだ。

「なら、どうするんだ由理。若葉ちゃんはお前の変化の術を暴いた代償で記憶がなくなるかもしれないが、お前のおばさんや、おじさん、それ以外にも、お前のことを継見由理彦だと認識している人間は他にも大勢いるんだぞ」

馨は、眉間《みけん》に目一杯シワを寄せた顔のまま。

由理は若葉ちゃんを側のベンチに横たえると、そのまま、宙にあぐらをかいて落ち着く大黒先輩を見上げる。

「大黒先輩……いえ、浅草寺大黒天様。お願いがあります」

「言ってみろ」

「継見由理彦に関する情報を、塗り替えてください。除外は僕があやかしであると知っている人間と、あやかし。……同じようなことをして、毎年高校三年生をしているあなたなら、できるはずだ」

「ふん。確かにできるが、俺の力が及ぶ区域には限界がある。溢《あふ》れてしまう輩《やから》もいるぞ」

「結構です。細かいところは僕がどうにかします」

「なら良いが、お前の願いをタダで叶《かな》えることはできない。その願いを叶えるためにお前は俺に、何かを奉納する必要がある」

「……なら、僕の宝を。それは、僕の〝居場所〟です」

「ほお。もうあの家には戻らないということか」

「当然です。あの家族から、僕の記憶が消えるのだから」

由理の意思は、固いようだった。

最初から、こうなる時が来ることを、わかっていたかのようだ。

彼は感情を露《あら》わにすることなく、淡々と状況を処理する。

「ち、ちょっと待って由理。本気、なの？　あなたが浅草で過ごしてきた時間、記憶が、色々な人から消えてしまうのよ。私たちが覚えていたとしても、あなたが一番愛した家族から、消えてしまうのよ⁉」

私は思わず、もう一度由理を問い詰める。だけど、

「家族を……人間を、愛しているからこそだよ、真紀ちゃん」

由理は、なんの躊躇《ためら》いもなさそうな、完璧《かんぺき》な微笑みを私に向けたまま、続けた。

「僕はね、人とあやかしの間に立ってきたからこそ、わかるんだ。やっぱり人とあやかしは、大きく違う。どんなに分かりあおうとしていたって、それはもともと、お互いの存在

を認識してきた者たちにだけ成り立つ話で……あやかしなんてものを知らない人たちに、それを受け入れろなんて酷なこと、言えるはずもないんだ。不可能なんだ、見えないのだから。……言っただろう。受け入れることを押し付けてしまっては、彼らが、壊れてしまうと」

「…………」

「いいんだ。僕は十分、愛された。あの家に戻れなくても、見守り続けることはできる」

由理の目は、家族への慈愛に満ちていた。

ただそれだけだった。

宝物だった継見の家族との縁を奉納し、彼らから自分の記憶を一切消し去ったとしても、由理からあの家族へ注がれる愛だけは、永遠に変わらないのだ。

「では由理子、これよりお前の願いを叶える大黒印を授ける。いや、もう由理子ではないのか？」

「元から由理子ではありませんが、大黒先輩」

「いやはや、神すら騙《だま》し切るその変化の術はあっぱれである。学園祭での女装の完成度にも納得がいくというものだ。あの時はもうほとんど、女に化けていたようなものだったか。……さあ、頭《こうべ》をこちらに垂らすといい」

由理は、宙で座禅を組む大黒先輩の前に、膝《ひざ》をついて頭を下げた。

大黒先輩は彼の頭上に、神器である小槌《こづち》を打ち落とす。

リ――――ン。

聴き心地の良い高らかな音が響き、由理の頭上に〝浅草寺〟と書かれた加護の印が押された。

それが由理の願いを叶えてくれる。彼の〝居場所〟を奉納することで。

私は無意識に首を振り、手を伸ばしたが、隣にいた馨に腕を強く掴《つか》まれる。馨を見上げると、彼は厳しい顔をして首を横に振った。

これはもう、由理の決めたことなのだから、と。

「ふう。大規模な事象書換により大量の神力を使ってしまったが、今日が大晦日でよかった。どれほど力を使っても、大勢が浅草寺へお参りに来ているせいか無尽蔵にチャージされる……わはは」

今夜の浅草寺は燃料切れ知らず。大黒先輩の圧倒的なお力によって、人では為《な》し得ない奇跡を、由理は起こしてもらったのだ。

由理はすうっと、その瞼《まぶた》を開けた。

この男……もう涙など、一滴も見せやしない。

「これから、どこへ行くつもりだ、由理」

「そうだなあ……どこへ行こうかな」

「学校はどうするの？」

「うーん、学校は楽しいから行きたいけれど、一度皆の記憶を消すから、難しいかもしれないなあ。現世《うつしよ》で生きていくためには、就職したほうがいいのかな」

なんて、現実的なことを考えたりして。

行き場のない由理の背中は、長い長い時を生きてきた偉大なあやかしの霊力を纏《まと》う、迷子の子どものよう。

見上げる月は、由理の孤独を象徴するような、綺麗《きれい》な銀色だった。

「な、なら私のところに来ない？　鳥系あやかしがもう一匹増えるようなものだし」

「はあああ？　真紀の家なんてそんなのダメだ！　由理が召使いにされる！　なあそれなら俺のところにこいよ、由理。俺一人暮らしだし」

私と馨が、お互いに我が家へ来いと、ズイズイ由理に迫る。由理本人に「まあまあ、二人が僕のこと大好きなのわかるけど落ち着いて」と言われる始末。

「つーかお前たちのボロアパートなら最近空き部屋が一つでた。それに浅草地下街に就職するって手もあるぞ。継見なら大歓迎だ！」

組長なんてスカウトしてるし。

「あのー、男世帯で申し訳ないのですが、スイの家もなんだかんだと部屋が余ってます」

ミカは勝手にスイの家をオススメしてるし。

「それならぜひ陰陽局に。鵺ほどの名高い大妖怪《だいようかい》であれば、相応の立場と居所を用意しましょう！」

いつの間にかここにいる青桐さんも、眼鏡を光らせここぞと由理を欲しがる。ていうか由理が鵺ってあやかしだったこと、すっかり理解しているみたい。

この他にも、あちこち浅草に店を構えるあやかしたちが、うちにおいで、うちなら部屋も仕事もあるよと、由理に申し出る。

なんだ、このスカウト合戦。誰もが由理に新しい居場所を提案している。

「ありがとう、みんな。今日も、僕や若葉のために、力を尽くしてくれて」

由理はまず、ここの皆に、律儀に頭を下げて感謝した。そして顔をあげると、少し照れ臭そうに微笑んだ。

「だけど僕は、自分の次の行くべき場所を、もう決めたよ」

皆して、由理はいったい誰の元に身を寄せるのだろうかと固唾《かたず》を飲んで見守る。

しかし由理は一瞬にして冷淡な目になると、少し遠くのベンチで、タバコを一服しながら、この一幕を気にしているようで全く気にしていない、今日もただの見物人だった叶先《かのう》生のところへと向かった。

「叶先生。僕を、あなたの式神にしてください」

「…………え」

この言葉に我々はこれ以上なく驚き、目を丸くし、口をあんぐりとさせる。

「えええええええええっ⁉」

そしてワンテンポ遅れて絶叫。

「由理どうしちゃったの！」

「あの植物の狭間《はざま》で、変なきのこ食ったんじゃないだろうな⁉」

だけど驚いたのは、私や馨だけじゃないみたい。

叶先生も、咥《くわ》えていたタバコをポロッと落とした。この男にしてはとても珍しい顔をしている。

「どういう風の吹き回しだ、鵺。俺にお前みたいな訳あり物件を背負えと」

「僕なんて、あなたの四神に比べたら超低燃費なあやかしですよ」

「……今回のことも、お前の自業自得だと思っているぞ、俺は」

「結構です。僕は、僕をかわいそうと思わないあなたのところにいる方が、楽だ」

「…………」

「まあそれだけではないですけれど。僕があなたの元へ行くことで、千年前にはなかった選択肢、可能性を、見いだせる気がする」

「相変わらずだな。俺を何に利用しようというのか」

叶先生はムスーッとして、いかにも不服そう。

しかしタバコの吸い殻を拾って携帯灰皿に押し付けると、諦《あきら》めに似た大きなため息をついたのだった。

「待て、待て待て待て由理。お前、あいつのところに行く気か？　正気かよ！」

馨が由理の肩を引く。あれは本気で理解に苦しんでいる顔だ。

私だってそうだけれど。

「もちろん、僕は正気だよ馨君。だってね……叶先生は元・安倍晴明《あべのせいめい》だよ。あのひとのことは、僕が見ておかなくちゃ」

「そんなことお前がしなくていい！　お前、また何かの間に立つつもりかよ」

「ふふ。馨君は心配性だなあ。でも大丈夫。ああ見えて、あのひとは自分の式神は大事にするよ。まあ、ちゃんと式神にしてくれればいいんだけど」

由理はそう言うが、私は拳《こぶし》を握りしめて、子供みたいに大きく首を振った。

「嫌、嫌、嫌！」

「真紀ちゃん？」

「あいつに持ってかれるくらいなら、私が由理を眷属《けんぞく》にする！」

「いや俺がする」

「馨にも渡さないわよ！」

「俺だってお前みたいなズボラに由理を任せるわけにはいかねえ！」

「ちょっとちょっと、僕を巡って痴話喧嘩《ちわげんか》なんてしないで。もう、決めたことだから」

「……由理」

由理の決めたことを否定するつもりはなくても、理解はいまだできなかった。

何もわからない。混乱している。

本当に、本当にこのまま継見家を去って、あなたは叶先生のもとに下るっていうの？

「真紀ちゃん、馨君。ありがとう。僕の嘘を受け止めてくれたのは、なにも若葉だけじゃない。君たちだってそうだ。それに、僕の嘘を許してくれた」

「当然よ。言ったでしょう、嘘つきだなんて、呼ばないって」

「……真紀ちゃん」

由理は切なげに微笑み、空に浮かぶ月を見つめる。

まるで、自分の帰るべき場所が、そんな遠くにでもあるかのように。

「僕は、ずっと怖かった。この嘘がばれてしまうと、君たちとは一緒にいられなくなる気がしていたから」

「なぜだ。俺たちは、お前があやかしであること、その全てを、受け入れられるぞ」

「馨君。でもね、明確な違いが生まれてしまうんだ。そこに人とあやかしという線引きができてしまったなら、僕は……」

その時、ベンチで寝ていた若葉ちゃんが目を覚まし、由理はハッとして言葉の続きを告げるのを止めた。

「若葉ちゃん、若葉ちゃん、大丈夫？」

私は若葉ちゃんに駆け寄る。彼女はぼーっとしたまま、なんだか疲れた顔をしていた。

「私、なんでこんなところで……？」

やっぱり、何も覚えていない。

私は乱れた心を落ち着かせ、若葉ちゃんに対して違和感のある言葉を言ってしまわないよう、心がけた。

「若葉ちゃん、気分はどう？」

「……大丈夫。なんだか、頭がとてもすっきりしているの。こんなところで寝てしまったなんて、変なの。子供みたいだね。……ごめんね真紀ちゃん、ありがとう」

「いいえ。ならすぐにお家《うち》へ帰りましょう。風邪を引いてしまうわ。送ってあげるから」

馨と共に彼女を支えながら、振り返る。しかしもう、由理の姿はどこにも見えない。

若葉ちゃんが目覚めたことで、この場を去ったのだ。

それが、とても、悲しくて、切なくて……

「真紀ちゃん、どうしたの？」

「う、ううん、ごめんね。さあ、帰りましょう。若葉ちゃんのお家に」

目の端から溢《あふ》れそうになった涙を拭《ぬぐ》って、いまだぼんやりとしている若葉ちゃんを、私たちは浅草地下街の車で継見の家まで送った。

こんな時間でもつぐみ館は明るく、すぐにおばさんとおじさんが出てきてくれた。

若葉ちゃんは、友人たちと浅草寺に初詣《はつもうで》にいくと言って出て行ったことになっている。

おじさんが若葉ちゃんを抱えて、家の中へと運んだ。

「……どうかした？　おばさん」

おばさんは、まだ外でキョロキョロとしていた。

「い、いえ……まあ、どうしてかしら。誰かが若葉を見ていてくれるから、大丈夫だという気がしていたのだけれど」

「……おばさん」

「変ねえ。私、どうしてこんなに落ちつかないのかしら。誰か、帰ってきていない、ような……」

おばさんが額に手を当てて、青い顔をしていた。

私はそれを見て、再びぐっと、目元に熱が込み上げてくるのを感じていた。

おばさん。由理の事を忘れてしまっている。

だけどまだ、体と頭のどこかで、感覚的に自分の息子の事を……覚えている。

「ごめんなさいね。……二人とも、若葉を助けてくれてありがとう。まだ小さな頃に、若葉が迷子になったところを馨君と真紀ちゃんが助けてくれて、この家まで連れてきてくれたことがあるでしょう？　あの時から、あなたたちはいつも若葉を気にかけてくれて。あの子、兄弟もいないから」

「……………」

そういう設定に、塗り替えられている。

私と馨は小さく微笑み、「また来ます」と挨拶《あいさつ》をして、ただ継見家を去る。

近くに停めてある組長の車へと向かう間、私は、震える手で馨の袖《そで》を握っていた。

「ねえ、どうしてかな、馨」

「……真紀」

「これは、暴いていい、嘘だったの？」

そこはもともと、私たちからすれば、由理の家だった。

そこはもともと、私たちがよく招かれて、楽しく過ごした家だった。

おばさんが由理と、そして私たちのために作ってくれた、豪華なお弁当が大好きだった。

長い休みがあれば、いつも私や馨を、お泊まりや遊びに誘ってくれるような、優しい家族だった。

だけどそこにはもう、由理がいた痕跡《こんせき》すらない。

若葉ちゃんも、おじさんもおばさんも、もう由理の名すら一切口に出さなかった。羨《うらや》ましくて仕方がないくらい、仲のいい家族だったのに。

運命のいたずらって言ってしまえば、それまでだ。

だけど、どうしてかな。

私や馨より、ずっとずっと人間を愛し、憧《あこが》れていたのに。

誰より人間に焦がれた、彼が……人ではなかったのよ。


家に帰りつくと、とにかくお腹が空《す》いていて、私と馨は口数が少ない中、毎年のごとく年越し蕎麦《そば》を作った。

我が家はいつも、とり南蛮。一口サイズの鶏《とり》もも肉と長ネギ、しめじを炒《いた》めて、茹《ゆ》でたお蕎麦を醤油《しょうゆ》ベースの甘めのおつゆに盛り付けて食べる、温かなお蕎麦。

大晦日《おおみそか》は浅草寺の長蛇の列に並んでお参りをして、家に帰ってから、温かなこたつでこのお蕎麦を食べて年越しを味わう。

今日はいっそう、お蕎麦が美味《おい》しくてたまらない。温かなおつゆも、安物の蕎麦も、焦げ目がつきすぎた甘いネギも、冷凍していた鶏肉だって。

美味しいのよ、こんな時でも。

心も体も疲れ切っている。霊力もたくさん使ったから、ご飯を食べることで満たされていくのもわかる。でも……

「うっ、うっ」

「泣くのか食うのかどっちかにしろ、真紀」

由理の、親友の大事なものを、とても守れた気がしない。

どうして？　私たち、家族を失ってばかりね。

「美味しい、美味しいわねえ……っ」

「ああ、わかっている。美味《うま》いよ。ほら、洟《はな》かめよ。本当にお前は泣き虫だな」

チーンと、馨に手渡されたティッシュで堂々と洟をかむ。

「今年も、よろしくな……真紀」

「うん、うん。今年も、ずっと一緒にいてね、馨」

そして、私たちの新しい年が始まった。

《裏》若葉、その花言葉を知っている。

とても長い夢を見た気がする。

私は寝ていたベッドから体を起こして、いつ寝たんだっけと、記憶を辿《たど》る。

ああ、そうだ。私たしか、お友達と初詣に行くって言って、家を出て、それからなぜか、隅田川の河川敷にあるベンチで寝ていた。

真紀ちゃんと馨さんが送ってくれたんだっけ、家に。

でも、何かもっと、大事なことを忘れている気がする……

そもそも初詣に行こうと思っていたっけ？　そんな約束をしたお友達いたっけ？

スマホで時間を確かめてみたら、日付が1月2日の午前2時になっている。

私、まる一日寝てたんだ……っ！

差し込む月明かりがあまりに明るくて、そっと窓のカーテンを払う。

雲ひとつ無い、明るい夜空。ぽっかりと浮かぶ月。

導かれるように視線を下げると、私のお世話する植物たちのサンルームが。

「……え？」

今、中で動く人影を見た気がした。

普通なら恐怖を抱くところだが、無性に胸が締め付けられ、慌てて部屋を出る。

サンルームに入ると、しんと静かで誰もいない。植物たちすら、寝ているみたい。

ただ、私がいつもお茶をするテラステーブルの上に、何か置かれている。

「……これ」

忘れな草の押し花の、しおり？

確か、クリスマス前に作った。作ったけれど、私、なんで作ったんだっけ。

誰にあげようと思ったんだっけ。どうしてここに……

「花言葉……なんだっけ」

混乱する頭を押さえて、思い出す。忘れな草の花言葉。確か、確か……

『私を、忘れないで』

――誰。

その花言葉を紡いだ〝誰か〟の声が、耳の奥で響いた。

誰の声だったか、思い出せない。

でも、確かにこの声の主を、私は知っていたような気がするのだ。

何もわからないのに、ポロポロと涙が溢れて……その忘れな草のしおりを胸に抱いたまま、天井を仰いだ。

ガラス越しにぼやけた月が見える。いや、月が私を見ている。

「……あなたは、誰？」

絶対に手の届かない月に、手を伸ばした。

なんだか記憶のピースが上手《うま》くはまらないの。

これも違う、あれも違う、って。あれこれピースを替えて繫《つな》げようとしても、全然上手くいかない。

この、溢れてくる歯がゆい気持ちは、何。

私を、忘れないで。

その〝声〟だけが、私の中に残っている。

第八話　そして夫婦は、新たな君の名前を知る

それからお正月の三が日の間、私は初夢も見なかったし、由理《ゆり》に会う事もなかった。

今頃、どうしているのだろう。

そもそも、彼のことを由理と呼ぶのは、もうおかしいのだろうか。

大晦日があれほどの騒動だったせいもあり、元日なんて寝正月だったし、二日目も馨《かおる》と一緒にぼんやりしていたし、三日目になってやっと、浅草寺《せんそうじ》に初詣に行った。

まあ、三日目でも人が多すぎなんだけど、あの場所。

「なあ、真紀《まき》。もしかしたらこのまま、由理は俺たちの前からも姿を消すつもりなんだろうか」

ふと馨が、初詣の帰りに、そんなことをぼやいた。

「そんな、そんなのはダメよ！　私たちは由理の事情を知っているし、由理があやかしだってことも受け入れられる。それなのに、どうして私たちから離れるというの」

私が不安な顔をしていると、馨はチラリと私の方を見て、また淡々と続ける。

「……あの夜、最後に由理は何かを言いかけていた。あれは別れの挨拶のつもりだったの

かもしれない、と思ってな。あいつはあやかしで、俺たちをずっと化かし続けていた。俺とお前がそれを許したところで、あいつ自身が罪悪感を抱いているのなら、あるいは……」

馨はそこで、一度口をつぐむ。眉間《みけん》にシワを寄せた険しい表情のまま。

解せない思いは、私にも、馨にもまだある。

「由理は……私たちと同じでいたかったのだと思うわ」

「ああ。だから俺たちにも本当のことを言わなかった。あいつは、誰にとっても人間の継《つぐ》見由理彦《みゆりひこ》でありたかったんだろう」

ええ、きっと、その通りよ。

由理は誰より、人間に憧れ、人間になりたかったあやかし。

口にしたことが強力な言霊となるが故に、誰にも真実を告げずにいた。

誰か一人にでも言ってしまえば、それが確定的なものとなり、変化の術の綻《ほころ》びになってしまうから……

「おい、ぼんやりしていたら転ぶぞ。今から千夜《せんや》漢方薬局に行くんだろう。土産でも買っていくか」

「え、ええ。なら……みんなの好きな甘栗がいいかしら」

おもちが甘栗というワードに「ぺひょ!?」と顔を上げ、両羽を上げて賛同した。

というわけで、行き道にある専門店で甘栗一袋を買い、千夜漢方薬局に向かう。

薬局はお正月休みで開いていないので、二階にある玄関のインターホンを押し、ドアが開いた瞬間、

「うわあああああああん、真紀ちゃああああああん」

スイが泣きながら飛び出して、私に抱きついた。

「な、なにごと⁉　あけましておめでとう、スイ」

「あけましておめでとううぅっ！　そしてごめんよおおおおお、俺がいればもっと簡単に植物を除草できたのに！　ちょいちょいっと除草剤作ってさあ！」

「こいつ結局、大晦日《おおみそか》は津場木《つばき》家で美味い酒を振舞われて、そのまま朝までどんちゃん騒ぎしてたみたいだからな。……って、おい。もう離せおっさん。女子高生に抱きつくのは犯罪だぞ」

スイはひしと私に抱きついていたけれど、馨に引き剝《は》がされてまたおいおい泣いた。

そう。スイはあの騒々しかった浅草《あさくさ》の大晦日を知らない。

翌日酔っ払って帰ってきたところを、ミカにあれこれ聞かされたらしく、活躍できなかったことを激しく後悔しているらしい。

特にミカから、大活躍の様子を自慢げに聞かされたみたいで……

「いいのよスイ。あんたはお仕事だったんだもの。巴郎《ともろう》さんは元気になったかしら？　津

場木家の大晦日とお正月は豪華だった？」

「えー、あ、うん。巴郎さんはあれからすぐピンピンになった。ありゃまだ長生きするなー。それで宴会にお呼ばれして、A5ランクの黒毛和牛ですき焼きしたよ。めっちゃ美味しいお酒が出てさあ、ぐでんぐでんになるまで飲んじゃったよ。あとおせちも三ツ星レストランの和洋折衷な感じでさー」

「そりゃさぞ楽しかっただろうな」

私たちが大変な思いをしていた一方で、スイはなんて優雅な大晦日を……

玄関先で話すのもなんなので、スイの自宅へとお邪魔する。

スイは綺麗《きれい》好きで、お部屋も中華モダンな洒落《しゃれ》たインテリア。いつもいい匂いのお香が焚《た》かれているので、居心地もいいのだが……

「あ、茨姫《いばらひめ》様だ！　おもちも馨様も！　いらっしゃい」

私たちの声が聞こえたのか、ミカが奥の和室の押入れをスパンと開けて飛び出してきた。

和室にはおもちの遊具がたっぷりあるので、この一間だけいまいち引き締まらないというか、なんというか。

「ミカ、あんたはやっぱり押入れで寝てるのね」

「ここが一番落ち着くので」

ミカは私が抱くおもちに手を伸ばす。するとおもちもジタバタして、ミカの元へ行きたがる。ここは本当に仲良しな兄弟みたい。

「俺はちゃんと畳に布団を敷いて寝ろって言ってるのに……」

「うるさいスイ！　役立たずは引っ込んでろ！」

「ミカ君が！　あのぽんこつミカ君が！　この俺に役立たずって言った！」

「僕は茨姫様の眷属《けんぞく》だぞ。茨姫様のお役に立ててるだけでいいのだ。大事な時にいなかったスイとは違う」

「キイイイイイッ!!」

床に伏して悔しがるスイと、鼻高々でえばりんぼなミカ。

「ほお。大晦日の一件のせいで、上下関係に変化があったみたいだな」

そして、冷静にここの関係を観察している馨。

「もう、仲良くしなさいって言ってるでしょう二人とも。この騒々しさにリンが加わったらどうなるのやら……」

「え、リン君も加わる予定なの？」

「そのうちね。なんだかんだと言って、あの子は昔と変わってないもの。まあ、気難しい子ではあるけれど」

しかしスイは微妙な表情で腕を組み、うーんと唸《うな》る。

「そうは言っても、今回の鵺《ぬえ》様のことだって、リン君が余計なことをしなければ何も起きなかった。今まで通りだったんじゃないの？」

「……果たしてそうだろうか。時間の問題だったような気がする」

「へえ。馨君はリン君に対して、怒ってないのかい」

「そりゃあ、いつもながらトラブルメーカーだとは思うが。しかし凛音《りんね》は、若葉《わかば》ちゃんの夢に、願望に手を貸しただけだ。若葉ちゃんが由理の正体に気がついていたのなら、由理のことを知りたかったと思う気持ちを、責める訳にはいかない」

「そうね。……今まで通りがいいからと言っても、嘘はいつか、暴かれるものよ」

あやかしは、人を化かすが故に、人に暴かれる。

若葉ちゃんが玉依姫《たまよりびめ》の逸材であったのならば、この一件が、いつか必ず訪れていたことだというのも、理解している。

ただ、私たちはやっぱり今でも、ショックを受けているのだ。

ずっと、一緒に育ってきたと思っていた。同じ人間に生まれ変わったのだと。

だからこそ、私も馨も、いまだ喪失感のようなものを抱いている。もしかしたら、もう由理と会えないのではないかという不安を、捨てきれずにいる。

それだけ、私たちって由理という存在に頼り、依存していたのね。

私たち夫婦を出会わせてくれた、大事な親友だもの。

でも今は、それ以外にも考えておかなければならないことがあるわね。

「ねえ……リンが言っていたんだけど、あやかし狩りの〝狩人《かりゅうど》〟たちが、浅草に目をつけているって。高等妖怪《ようかい》が狙われやすいみたいだし、あんたたちが浅草にいるのはあちこちで知られていることだから、十分注意しなさい。ヘマをするんじゃないわよ」

「はーい」

こんな時は揃って手をあげて、同じように素直な返事をするスイとミカ。

全く。仲がいいのか悪いのか。そして、事の深刻さをわかっているのか、いないのか。

「そういえば、貘《ばく》は結局、どこへ行ったんだろうな」

「あの時、途中で逃しちゃったままだからね。この件は陰陽局《おんみょうきょく》に一任されたし、退魔師が必死に捜しているみたいだけど。あの子、珍しい無臭のあやかしだから、なかなか見つからないかもしれないわ。無事に見つかるといいけれど」

しかし一方で、どこか遠くに逃げて自由にしているのなら、それはそれでいいのではと思ってしまう。確かに危険性もあるけれど……

別の国から攫《さら》われて、こんなところまで連れてこられて、辛《つら》い思いをした結果が、若葉ちゃんの事件に繋《つな》がったのでしょうから。せめて、どうか無事で。

もし私たちを頼ってきたら、今回のことは水に流して、助けてあげたいと思う。

それから冬休みが終わるまで、私はほぼ毎日、つぐみ館の近所をうろついた。

若葉ちゃんや、おじさんおばさんの様子が気になったのもあるけれど、由理がここへ来ていないか、それを確かめたくて。

でも、何度ここへ来ても、由理と会うことは無かった。冬休みだから叶《かのう》先生にも会えないし、彼が今どうしているのか、全くわからない……

若葉ちゃんとばったり出会い、サンルームでハーブティーをご馳走《ちそう》になる機会があったのだけれど、彼女は「元日は丸一日寝てしまったの」と、恥ずかしそうに私に教えてくれた。でもそれからは、とても体調が良いのだそうだ。

なんとなく、若葉ちゃんの雰囲気が変わって見えたけれど、気のせいかしら。

お仕事の合間に会ったおじさんとおばさんも、いつも通り優しくて気さくで、それでもやっぱり由理のことは覚えていない。

このお家《うち》からも、由理がいた痕跡《こんせき》は残らず消えている。

サンルームからお家に上がった時、お座敷から線香の香りが漂ってきたので覗《のぞ》いてみたら、小さな仏壇があって、そこには由理の幼稚園児の頃に似た、でも何かが少し違う少年の写真が飾られていた。

それで、悟った。

全てが真実の通りになっているんだなって。由理が借りたその子の人生を、その子のありのままを、この家にお返ししただけの話なのだ。

それなのに、やっぱり私は、寂しくて仕方がない。

だって、そうでしょう。

由理は確かに、この家に存在していたはずなのだから。

「ねえ、真紀ちゃん……」

帰り際に、若葉ちゃんが戸惑いつつ、私を呼び止めた。

「い、いや、なんでもない。私、最近物忘れが激しいから、勘違いかもしれないし」

少し混乱して見えたので、私は落ち着いた口調で「どうしたの？」と尋ねた。

若葉ちゃんはやっぱり、戸惑いつつ、ゆっくり答える。

「私、大事なことを忘れている気がするの。思い出さなくちゃいけない人が、いる気がして……何もわからないのに、胸が苦しい」

「…………」

「声だけ、覚えているの。その人は……『忘れないで』って、私に言ったのに」

若葉ちゃんのその言葉に、私は小さな、希望のようなものを見出《みいだ》した。

そうだ。若葉ちゃんは玉依姫としての能力を開花させつつある。

由理を忘れてしまっても、いつか、どこかで、あなたが彼を見つけてあげることはできるのかもしれない……

だから私は、若葉ちゃんの手を取って、ひとつ伝える。

「もし若葉ちゃんが〝その人〟を追い求めるというのなら……私はそれを、否定しないわ」


間もなくして、新学期が始まった。

高校二年生も残り僅《わず》かとなった、三学期だ。

「おはよう真紀。はい。おみやげのパインチョコ。沖縄行ったんだー」

「おはよう茨木《いばらき》ちゃん、年末の紅白観た⁇」

「おはよー、あたし年末はハワイだったの〜。ハリウッドセレブの写真撮っちゃった！」

七瀬《ななせ》、丸山《まるやま》さん、みっちゃんの三人が、冬休みの間の思い出をあれこれ話してくれる。

なのでさりげなく「ねえ、今日どこかで継見君を見た？」と聞いてみた。

「継見君？　誰？」

しかし三人とも、首を傾げるだけ。あんなに由理を使って妄想を広げていた丸山さんも、新聞のネタとして嗅《か》ぎ回っていたみっちゃんですら、覚えていなかったのだ。

そうよね……でも、不思議なのよ。

私の席は窓側の一番後ろなんだけど、ここから見える由理の席はまだ存在している。

「大黒先輩、あの席を消し忘れたのかしら？」

「あっても問題ないってことなんじゃないか？　何もない、空っぽの席だし」

前の席の馨と一緒に、ぼそぼそと疑問を零《こぼ》す。

空っぽの席。いつもなんとなく見ていた、由理の背中がぼんやりと目に浮かぶ。

背筋のしゃんと伸びた、男の子にしてはちょっと細い背中。

細い髪が、時々窓から入った風に吹かれて揺れていた。

そういうものにすぐ気がつく由理は、ふと窓の外に顔を向けて、季節の変化を感じながら、風流なものでも愛《め》でていたっけ。

柔らかく微笑む彼の横顔も、いつでも思い出せる。

「席につけー」

教室に入ってきたのは、いつものやる気なさげな雰囲気を隠しきった、爽《さわ》やか笑顔の白衣の叶先生だった。あいつ、誰？

「担任の浜田《はまだ》先生はインフルエンザでお休みだ。浜田先生が復帰されるまでしばらく俺が担任代理を務める」

これに浮き足立ったクラスの女子たち。

叶先生は爽やかな笑顔が壊れぬうちに、もう一つクラスの生徒たちに告げる。

「実はこのクラスに、転校生がいる。……入れ」

ドッとクラスがざわついた。ぼけっとしていた私も、前の席でアルバイトのフリーペーパーを見ていた馨ですら、顔をあげて教卓の方を見る。

教室に入ってきたその転校生は、真新しく見えるが実はとても使い込んだ、この学校の学ランを着ていた。

でもね、以前の彼とは、少し違うかしら。

柔らかな微笑みの中に、あやかしとしての品格と妖《あや》しさがある。

確かなあやかしの匂いがする。

それは、彼が今までずっと、私たちにすら隠して隠して、隠し通してきたもの。

だけど、そうか。

たとえ人に化けているとしても〝あやかしであること〟を、あなたは受け入れたのね。

「はじめまして。夜鳥《やとり》由理彦です。よろしくお願いします」

新しい名であり、捨て切れなかったその名を、私たちを見つめながら名乗った。

そして叶先生が、黒板にその名を刻む。

由理は、ここから始めるのだ。他の誰でもない、自分自身を。

あなたが幸せになるための物語を。

そして由理は、席につくより先に私や馨の方へと歩み寄り、いつものごとく、少し困った顔をして笑う。

「ただいま、馨君、真紀ちゃん。……こんな僕だけど、また仲間に入れてくれるかい？」

その顔を、もう何十年も見てなかったかのようだった。

私も馨も衝動的に立ち上がり、迷わず二人で、由理をがっしりと抱きしめた。

そしておいおい泣く。周りの目も憚《はばか》らず、超、号泣である。

「おかえり、おかえり由理！　ばかばかっ、どこいってたのよお！」

「はは。やっぱり俺たちは、三人じゃねーとな」

「もう、二人とも泣きすぎだって。一週間会えなかったくらいでさ。……でも、ありがとう。僕はもう、大丈夫だよ」

前のようなやりとりに、またこみ上げるものがあったりして。

周囲のドン引きした視線も、全く気にならないわ。

三人寄れば文殊の知恵。それぞれが足りないものを補いながら、最強の三人組をやってきたんだから。

この先何があったとしても、今ばかりは、何者にも負ける気がしないのだった。

あとがき

こんにちは。友麻碧《ゆうまみどり》です。

浅草《あさくさ》鬼嫁日記シリーズも四巻までやってきました。早いものです。

今回は舞台を浅草に戻し（なんだかんだあちこち行ったけれど……）、いつもの真紀《まき》と馨《かおる》だけではなく、親友の由理《ゆり》にスポットを当てた巻でございました。

三巻に続き、私が特別描きたいと思っていたエピソードの一つでもあります。

今までなかなか内面を見せることのなかった由理ですが、色々な意味で、彼の化けの皮が剝《は》がれたエピソードだったかもしれませんね……

そして今回、真紀と馨は江《え》の島《しま》を訪れていました。前回より予告しておりました、江の島デートですね。

江の島……それはカップルの聖地。

事前に友人に「一人で行くなんてやめた方がいいよ！」と忠告は受けておりましたが、友麻はぼっち散策を決行。

いや確かにカップルや元気いっぱいの若人《わこうど》が多くて、最初はほんといたたまれなかったのですが（笑）、それでも江の島で食べた海鮮丼や江ノ島丼が美味《おい》しく、夕日の映り込んだキラキラした湘南《しょうなん》の海が綺麗《きれい》で、江島《えのしま》神社や、江の島岩屋の神秘的な空気にすっかり魅了されてしまい、途中からは一人でも気にならないくらい楽しくなり、特別印象深い観光スポットとなりました。

残念なことに、これを書いている現在江の島岩屋は台風の影響で閉鎖しているらしいのですが、江島神社は参拝できますし、海の幸が美味しく食べ歩きも楽しい場所ですので、皆様ご機会ありましたらぜひ訪れてみてください。

たいへんオススメです。一人でも大丈夫。慣れます。

次に、嬉《うれ》しいお知らせになります。

帯にも書かれていると思いますが、いよいよ浅草鬼嫁日記シリーズのコミカライズが始まります。

それもダブルコミカライズです！　贅沢《ぜいたく》！　嬉しいっ！

一つはpixivコミック内の『ビーズログCHEEK』さん。

もう一つは月刊『コンプエース』さんにて、連載がスタートする予定です。

二人の漫画家さんによる、二つの方向性で展開される浅草鬼嫁日記のコミカライズ、どうぞお楽しみに。詳細は帯にて！

ふう……今月は3月。ということは……来月は4月か……（当たり前である）

いや、私にとってこの4月は特別でして！

4月からはもう一方のシリーズである「かくりよの宿飯」のTVアニメが放送開始される予定です。私はもうこれがドキドキばくばくなわけです。はい。

放送局やキャストさんなど、「公式サイトやTwitterで様々な情報が出ておりますので、こちらもご興味ありましたら、どうぞチェックしてみてください！

富士見L文庫の担当編集様。友麻シリーズを2作とも抱えてくださっているので、アニメ関連やコミカライズ関連でさぞ大変な思いをさせているのではと思っております。いつも本当にお世話になっております。

また、イラストレーターのあやとき様。今回も素晴らしい表紙をありがとうございました。植物の多い透明感溢れるイラストで、今までとは少し違うキャラクターたちの表情も見ることができて、とても嬉しかったです。真ん中のひとが美しすぎますね……っ。コミカライズも始まり今後ますますお世話になると思いますが、どうぞよろしくお願い致します！

そして読者の皆様。

このシリーズが安定して続きを刊行できますのも、皆様がこの作品を見つけてくださり、ここまでついてきてくださっているおかげです。Twitterやお手紙での感想も、大変励みになっております。いつも見守っていただき感謝です。

三、四巻と、『嘘』にまつわるしっとりした話が続いたので、次の巻では彼ららしい愉快で豪快な日常譚《たん》といきたいところです。

馨と真紀の熟年夫婦な一幕に加え、逆行して初々しいカップルしてたり……各眷属《けんぞく》のお仕事にまつわるお話だったり……由理は果たして叶《かのう》先生の式神たちと上手《うま》くやっていけるのだろうか？　……などなど。楽しく書いてみたいと思います。

第五巻の刊行は、夏頃を予定しております。

また無事に皆様に届けられますよう、こつこつと書いてゆきますので、どうぞよろしくお願い致します。

友麻碧

お便りはこちらまで

〒一〇二―八五八四
富士見L文庫編集部　気付
友麻碧（様）宛
あやとき（様）宛

富士見L文庫

浅草《あさくさ》鬼《おに》嫁《よめ》日記《にっき》　四

あやかし夫婦《ふうふ》は君《きみ》の名前《なまえ》をまだ知《し》らない。

友麻《ゆうま》 碧《みどり》

平成30年 3 月15日　初版発行

発行者　三坂泰二
発　行　株式会社KADOKAWA
〒102-8177　東京都千代田区富士見2-13-3
電話　0570-002-301（ナビダイヤル）

印刷所　旭印刷
製本所　本間製本
装丁者　西村弘美

ISBN 978-4-04-072475-1 C0193　©Midori Yuma 2018　Printed in Japan

ぼんくら陰陽師の鬼嫁

著／秋田みやび　イラスト／しのとうこ

ふしぎ事件では旦那を支え、
家では小憎い姑と戦う!?　退魔お仕事仮嫁語！

やむなき事情で住処をなくした野崎芹は、生活のために通りすがりの陰陽師(!?) 北御門皇臥と契約結婚をした。ところが皇臥はかわいい亀や虎の式神を連れているものの、不思議な力は皆無のぼんくら陰陽師で……!?

【シリーズ既刊】1〜3巻

富士見L文庫